「超」怖い話
ベストセレクション

怪恨《かいこん》

久田樹生 著

竹書房文庫

ドローイング　担木目鱈

まえがきにかえて――本書を買ってはいけません。

前の〈怪業〉から時をさほど置かずして、二冊目のベストが出ることになった。名を〈怪恨〉という。

非常に喜ばしいことであるが、正味の話、少々早いような気もしている。

とはいえ、こうして新たに纏め直す機会を得られたことはやはり僥倖であろう。

ここを読まれている読者諸兄姉にまずお知らせしなくてはならないことは、本書が完全な書き下ろし本ではないことだ。

所謂〈ベストセレクション〉であり、大半はすでに発表された物である。

再掲載、というものだ。

だから中には「この話知っている」と訝る方もいらっしゃるだろう。

もし読んだことがある実話怪談を再読することが苦手であれば、お店の棚に戻して頂きたい。或いはすでに購入された後であれば、ただただ謝るほかない。

そういうことが出来るだけないよう、この〈まえがきにかえて〉のタイトルに買ってはいけないと追記をしておいた。

ただ、ネットなどで中身を見ずに購入されるパターンには効果がない方法であるが。


しかしながらひとつ言い訳じみた情報を書いておきたい。

本書は以前竹書房文庫で発表されたものたちを再び収録された物である。

が、全話、少なからず手を入れている。

細かい部分から大幅な書き直しも行った。

とはいえ、原形を出来るだけ留めるため、基本的な事は変更していないので安心して頂きたい。が、以前の物と読み比べる楽しみがあるくらいには変わっているはずだ。

また、書き下ろしも少ない数だが収めてある。

諸事情により内容とリンクした物には今回しなかった。が、これはこれでひとつの方法ではある、と思っている。

更に巻末には恥ずかしながら各話解説と元の文章が収められた本のタイトルを明記した。

この辺りは単なるオマケ、付録に過ぎないがお楽しみ頂けたら、と思う。


とはいえ、やはり再録は再録だ。

私個人的には余程のマニアか物好きな方にだけお奨めしたいのが本音である。
だからこのようなまえがきにしておいた。
ここまで読んで、まだ先を確認したい、読みたい、買いたいというのなら――。
多分、その人は奇特な人物であろう。
もう一度書くが、ずっと私が関わった本を読んできた人は、本書は買ってはいけない。
それが多分一番お財布にも精神的にもよいはずだから。

予めここまで明言はした。
それでも買ってしまい、悔恨の涙を流しても私は一切関知しない。
繰り返す。
悔恨しても、責任は取れない。
それでもよいのなら、〈怪恨〉を始めよう。
ここには恨みも喜びも怒りも哀しみも楽しみも、全ての感情が渦巻いている。
お気を付けて。

筆者

目次

かりんとう

夏の盛り、ＯＬのあゆみは体調を崩した。
数か月経ってもまったく回復しない。
もちろん何度も医者には掛かった。
だが、いつも同じことを言われて終わりだった。
「貧血ですね。それと食事はちゃんと摂っていますか?」
もちろん食事はしている。これまでより沢山食べ、サプリメントも飲んでいる。
それなのに、体調は悪化の一途を辿っていくばかりだった。
体重は十数キロ落ち、骨の上に皮が張られているような有様である。
体力は落ち、気力が削がれ、何をするにも億劫だ。会社も休みがちになってしまった。
友人達の心配する声も聞かれたが、自分ではどうしようもない。
そんな彼女を心配して、田舎から母親がやってきた。
「あんた、本当にこんなに痩せちゃって……」
娘の顔を見た母親が涙ぐむ。

「食べてるんだけどね。でも太らないんだ。それに体調もずっと悪いし……」

　思わず弱音を吐いてしまう。

　そんな彼女を母親は優しく抱いてくれた。

　その晩、久しぶりに母の手料理に舌鼓を打った。全てを食べ尽くしても足りない。出てくるだけ平らげてしまう。

「……どうして、それで太らないの?」

　母親はあゆみの食欲に驚いていた。

　夜も更け、あゆみはベッド、母親は床に敷いた布団に入る。

　積もる話をするうちに、彼女はいつしかとろとろと眠りに落ちていった。


「……みっ!　あゆっ……」

　あゆみを呼ぶ声が聞こえる。

「……ゆみっ!　……あゆみっ!　あゆみっ!」

　頬の表面で何か熱いものが爆ぜている。

「あゆみっ!」

　自分の下に誰かがいる。あゆみは母親に馬乗りになっていた。

ベッドランプの光の下、母親の顔を何かが汚していた。

訳もわからず謝りながら、あゆみは母親の上から飛び降りた。

吐き気を催すような生臭さが漂っている。

胃が鉛を飲んだように重い。両手首に焼け付くような痛みがある。

母親は電灯を点けるや否や、タオルと救急箱を持って来る。

その顔は真っ赤な液体で染まっていた。

あゆみは自分の手首を見た。見覚えのない、深い引っ掻き傷が縦横に走っていた。

「ねぇ、これ何、お母さん……！」

狼狽えるあゆみを、母親が力強く抱きしめる。

「……もう大丈夫、もう大丈夫」

どうしてなのか涙が溢れ、止まらない。

身体を震わせるあゆみを、母親は朝までずっと抱きしめてくれた。


明るくなり、あゆみが落ち着きを取り戻した頃、母親が口を開いた。

「お母さんね。夜中になんだか重いなって思って、起きちゃったの」

すると自分の上に、あゆみが覆い被さるように乗っていた。

寝ぼけているのか。肩に手を掛けて起こそうとしたときだった。

痰の絡んだような唸り声が、娘の口から吐き出された。

心配し声を掛ける。あゆみはゆっくりと頭を上げていく。

薄明かりの中、白目を剥き、涙を流す娘の顔がそこにあった。口は大きく開かれ、飛び出した舌からは涎が滴っている。

動物園の臭いに似たものが、部屋中に満ちていることに気が付く。

いつしか、娘の身体にぼんやりとした赤い光がへばり付いていた。

まるで巨大なアメーバが全身に絡み付いているようだ。

光を打ち払おうとする腕を、娘は凄い力で握り潰してくる。

娘の名を叫ぶ。呼べども呼べども、まったく反応はない。

突然、娘が自分の首に食いついた。

ごりっ、とも、ぞりっ、とも言いようのない音が、左耳のすぐ傍で聞こえる。

首の表面が熱くなった。と同時に手が自由になる。

いつの間にか、娘は天を仰いでいた。

無邪気な子供のように叫びながら、自分の手首を掻き毟り始める。

娘の口から何かが吐き出された。顔に掛かる。熱さを感じる。

洗っていない犬とツンとした酸味のある臭気が混ざったものが鼻を衝いた。
込み上げる吐き気に耐えながら、自由になった手で、娘の頬をめちゃめちゃに叩いた。
あゆみの動きが止まり、目に光が戻って来る。
ほぼ同時に、娘に纏わり付いていたぼんやりとした光が消え失せていった。

「家に戻ってきなさい、あゆみ」
母親が首に包帯を巻いた痛々しい姿で言う。申し出を受けようと頷く寸前だった。
胃の中で何かが動いた。得体の知れないものが食物の通り道を上ってくる。
喉の奥に、猫じゃらしのような感触のものが絡み付いてきた。
嘔吐反応が起こる。思わずテーブルの上に吐き出した。
「何これ……?」
それは、濡れた極太のかりんとうに見えた。
大きさも太さもそっくりだ。ただその表面は規則正しく細やかに波打っていた。
顔を近付けてみて、その動きの正体がわかった。
細く黒い虫の足のようなものが無数に蠢いていた。
思わずたじろぐ。こんなものが身体に入っていたのか、吐き出したのかと、あゆみの全身に震えが走った。

ため息と呻きを足したような、なんとも表しがたい声のようなものが聞こえた。

〈ふわぁ……〉

出元はかりんとうがある辺りだった。

と同時に、表面の波打ちがぴたりと止まる。

母親が恐る恐る割り箸で摘んだ途端、かりんとうはあっけなく形を崩した。

黒い細い毛のようなものが絡み合って出来ているようであった。

動物園のような臭いが辺りに強く漂い出す。

「あら？ ……これ何かしら？」

残骸を探る母の箸の先に、細く鋭い黄ばんだ骨のようなものが、数個覗いていた。

「捨てるの。すぐ捨てなきゃ。お母さん捨ててくるから」

不自然な慌て方で、母親が立ち上がる。

ティッシュとビニール袋、コンビニ袋で幾重にも包まれ、かりんとう風だった物の残骸は外に捨てられた。

その後、あゆみは健康を取り戻し、体重も元に戻った。

彼女は今も実家に帰っていない。
ただ、かりんとうが食べられない体質になった。

雨宿り

中学二年の夏休み、山科君は旅に出た。

移動手段は自転車のみ。他の方法は用いないことを自分に課していた。

しかし、流石に自然には勝てない。暑さ、強風、雨。全てが彼の体力を奪っていく。

その度にこの旅を始めたことを後悔したという。


出発して三日目の午後だった。

山道の途中で激しい夕立に行く手を遮られた。雨風を凌げる場所はないか探し回る。

雨に煙る坂の上に、一軒の家を見つけた。

軒先を借りることができないか近付いてみる。

石積みの壁に囲まれた、旧家然とした家屋があった。どうも廃屋のようだ。

躊躇っている暇はない。自転車を門の中に入れ、荷物だけ持って家の軒下に逃れた。

手早く身体を拭いながら、そっと辺りを探ってみる。庭は広く、木々や岩が置いてある。

振り返り、破れたガラス越しに家の中を覗くと家具などがまだしっかりと残っていた。

黒光りする古びた箪笥。湯飲みと急須の載ったちゃぶ台。過去のカレンダー。

興味津々に中を覗くうち、雷が酷くなってきた。すぐ近くに何度か落ちる。

身の危険を感じ、廃屋の中へ逃げ込もうかと考えた。が、やはり気持ちが悪い。前に住んでいた人間の痕跡が侵入する気持ちを萎えさせる。

他に何処かないか。ふと視線を移す。

雨で煙る向こう、庭の奥に石造りの蔵を見つけた。

さっきも視界に入っていたはずだが、全く意識をしていなかった。

観音開きの戸が片方だけ開いている。

(ここなら入れるかもしれない)

雨を避け、軒伝いに蔵へ近づく。途中、軒下を飛び出し蔵へ駆け寄った。

立派な石積みの壁だ。所々白い漆喰が使われている。そっと中を覗いてみた。何もない広い空間だ。どことなく無機質な感じを受ける。当然誰もいない。

廃屋の中よりは大丈夫だろう。入り口付近に腰を下ろした。思ったより疲れている。

ぼんやり外を眺めるうち、いつしか眠りに落ちる。

そして——寒さで目が覚めた。

見慣れない天井があった。自分の状況を思い出すのに、少々時間が掛かる。旅の途中。

雨と雷で雨宿りをした。石造りの蔵の入口で……。
そうだった。上半身を起こす。いつの間にか蔵の中央まで上がり込んでいたようだ。
外に目を向ける。まだ激しく雨と雷が続いている。
入り口に戻ろうとしたときだった。
蔵の戸が音もなく閉まっていくのを目の当たりにした。辺りが一瞬で真っ暗になる。
視界が塞がれ、上下感覚がなくなる。思わずしゃがみ込んでしまった。
なかなか暗闇に目が慣れない。焦りながら床を手探りしていたときだった。
〈――だぁれ?〉
後ろから、幼い女の子の声が聞こえた。
思わず振り返る。暗闇の中、赤い着物姿の日本人形がちんまりと座っていた。
黒一色の中で、そこだけが赤く浮かび上がっているようだ。
向き直り、じっと見つめるうちにある間違いに気が付いた。
それは人形ではなかった。
生きている少女だ。その証拠に、明確にこちらを向き、笑っている。
年の頃は五歳くらいだろうか。整った顔立ちの子だった。
女の子の口が動いた。

ごめん、俺、雨宿りで、と言いかけたとき、全身から冷たい汗が噴き出した。

(どうしてこの暗闇の中、これだけはっきり見える?)

だいたい、ここは廃屋であって、こんな子供がいるはずがない。ましてやこの蔵にいるのは、自分だけであることを雨宿りの前にしっかり確かめている。

女の子ははにかむように笑い、おもむろに立ち上がると、腰の紐を解き始めた。

どこか大人びている。慣れた手付きに思えた。

紐を落とし、赤い無地の着物の前をはだける。

白い肌の中央。大きく真っ赤な裂け目がひとつ、縦に開いていた。

本能的に目を伏せたとき、息が止まりそうになった。

下に少女が横たわっていた。丁度真っ正面。向き合うような形だった。

一糸纏わぬ姿で歪んだ微笑みをこちらに向けて振りまいている。

真ん中が裂けた身体。何かを求めるように艶めかしく蠢く細い手足。そこには横向きの沢山の筋——蚯蚓腫れ——が無数に走っている。

赤く薄い唇は声にならない呟きを繰り返している。

足下の少女にとてつもなく惹かれた。

〈だぁれ——?〉

血が滾る。

欲しい。この子が、いや。この女が、欲しい。思わず誘いに乗りそうになる。

（――いや！　駄目だ！　これは夢だ！　幻だ！　嘘だ！）

意志の力で、伸ばしかけた手を必死に止める。

目を閉じ、ゆっくりと数を数え深呼吸を繰り返した。

瞼をゆっくりと開けると、また漆黒の闇に戻っていた。

腹の底から大きく息をつく。再び出口を探そうとしたときだった。

目の前に、少しだけ灰色がかった薄桃色の紐が垂れていた。

何故か掴まないといけない気がした。

そっと握ってみると、柔らかくぬめりがある。水を含んだ感触が伝わって来た。

少し引くと、紐はあっけなく切れた。長さから言えば、根元辺りからかもしれなかった。

〈……アソボ〉

さっきと同じ声色が、上から降ってくる。

身構えながら天井を仰ぎ見る。

黒髪を振り乱しながら、こちらに向かってゆっくりと落ちてくる裸の少女が目に映る。

手足のない、芋虫のような姿をしていた。

やはり、はにかんだ笑みを浮かべていた。

少女が自分に届く前、意識が途切れた。


涼しい風に吹かれて目が覚める。

ぼうとしながら周りを確認した。蔵の外はすでに雨が止み、夕暮れが迫っていた。赤い風景にあの少女を思い出す。慌てて周りに目を配るが、蔵の中には何もない。

「……やっぱ、夢だよなぁ」

頭を掻きつつ立ち上がり、ふと後ろを振り返った。

西日の差し込む蔵の中、その床の一部がぽっかりと開いていた。流石にそこまで光が入っておらず、真っ暗で何も見えない。

荷物の中から懐中電灯を取ってくる。穴の中を照らした。

数枚の毛羽立った畳の上に、古い茶碗やお椀、お膳らしきものが散らばっていた。

少し奥へ電灯を向けたことを、彼は後悔した。

赤い布きれ、いや、さっき見た紐のようなものがちらりと視界に入った。

慌てて蔵から飛び出した。これ以上調べる気はさらさらなかった。

ついてくるなよと強く念じながら自転車に飛び乗り、全力で漕ぎ出した。

夕闇の中、後ろを振り返ることなど出来なかった。

その後、体調を崩したせいで、旅は途中で終わった。

ただ、旅を終えることをどこか喜ぶ自分がいたことも確かだ。

すでに嫌気がさしていたのだ。


実は、帰宅後に分かったことがある。

旅装を解いたとき、バッグの中から小さな赤い布包みが出てきた。

布は古びており、所々がほつれている。もちろんこんなものを入れた覚えはない。

ふとあの石蔵のことが思い起こされた。

開けてはいけない。開けるのは悪手だ。本能的な警告が発されている。

しかし確認しない方も厭だ。悩んだ末、恐る恐る中身を改めてみた。包みを床に置き、覆っている布を開く。

木の棒を削り、白い布を巻いただけの人形らしきものがあった。

表面は黒光りしている。長い時間を掛け、撫でさすったような雰囲気があった。どこか使い込まれた印象も浮かぶ。布の傷み具合と相まって、かなり古いものに見えた。

人形の下に何かが覗いていた。

色褪せ、赤茶けた長い髪を束にしたものが幾つか入っていた。

酷い吐き気と戦いながら、包みは入っていたバッグごと処分した。もったいないとは微塵も思わなかった。関わりを残すことが一番厭だった。

それが終わると何度も何度も手を洗った。清めるが如く、繰り返し、何度も。

以来、山科君は日本人形と蔵が苦手である。

また、それを思わせる子供と、密閉された真っ暗闇も。

それらが不得手のまま、彼は大人になった——。

古書と茶封筒

小田島さんの実家は、閑静な住宅街の真ん中にある。

彼の一族は曾祖父の代からずっと、ここに住み続けていた。


小田島さんが二十代の頃だ。

ある休日の前の晩だった。彼は本を読みたくなり、お父さんの書斎へ入った。

棚を物色しようと近付いたとき、一冊の本が落ちた。見覚えのない、古びた箱入りのハードカバーである。落ちた衝撃で、箱の中身が飛び出していた。

ちゃんと収まっていなかったからだろうか。傷んでいなければいいがと、本と箱を取り上げるため、腰を屈める。箱の中からちらりと何かが覗いていた。

分厚く膨らんだ、古い茶封筒だった。

箱と本を取り上げる。昭和初期に刊行された古書だった。これが原因で棚へ入らなかったのかも知れない。へそくり、或いは年代物の恋文だろうか。

悪いとは思いつつ、封筒の中身を盗み見てしまった。

中には折り畳まれた沢山の紙が詰まっている。

開いてみると縦書きの便箋のようだ。

とはいえ手紙ではない。どれもびっしりと名前が書き付けられていた。

一番上の紙には見知ったものが並んでいる。どれも親戚や知人の名だ。

下に行くほど紙は古び、黄ばんでいく。それにつれて、書き付けられた文字も旧字体や旧仮名遣いになっていった。途中途中で筆跡が変わっていたから、何人かの筆による物であることは明らかだ。

あと気になるのは名前の下に書いてある数字である。例えばこうだ。

〈小田島　幸司　二千六百三十二　三　十八〉

縦書き。漢数字。これはどれも変わらない。数字に古い書き方——所謂、大字——も用いた部分があったが、やはりかなり昔に書かれた物なのだろう。

また、最後に×マークが付くものもあった。

新しめの紙には法則もなく飛び飛びに。古い紙のものは殆ど付いている。

何か決まり事でもあるのだろうか。幾つか名前を拾い出すうち、先年亡くなった彼の伯父の名前を見つけた。

その名前の下にある数字の横。そこにバツが付けられている。

また、もうひとつの名前に目が止まった。

先日入院したばかりの、若い従姉妹のものだった。

なんとなく気になり、名前と数字を近くにあったメモに書き写しておいた。

紙束を封筒に戻し、古書の箱に収め、棚の元あったであろう場所に置き直した。

部屋へ戻り、じっとメモを見つめる。ふと思い付いた。

名前の後にある数字。これはもしかしたら日付ではないのだろうか。

最初に書かれた二千何百。これは分からない。ただ、後の十一、四、などは月日じゃないかと思い当たる。ただの直感であるが正しいような気がした。

もう一度父の書斎に行き、あの封筒の中身を確かめる。

日付だと仮定した部分の数字は、一から十二と、一から三十一のどれかで構成されていた。やはり月日を表しているのだろう。

今度は先年亡くなった伯父の数字を控えて戻った。

月日部分は九、十六。伯父が死亡した日は、九月十六日。

(そうか。これは死んだ日を書いているのだな)

ただ、何故こんなものがあるのか、彼には理解できなかった。

親族や知人がこの世を去った日を控えて、かつ×を付けるなど趣味を疑う。

父が帰ってきたら、追及すべきだと憤った。

が、ふと疑問が浮かぶ。

何故、死んだ人間以外の名前もあって、その下に数字が、日付があるのか。

(まさか)

これは未来の死ぬ日を記したものじゃないのか。いや、そんなことがあるわけがない。

自分の妄想を打ち消そうとするが、言いようのない不安も残る。

ひとつ考えが浮かぶ。

非常に良くないことだと重々承知の上、従姉妹の安否を待つことした。

果たして、数カ月後。従姉妹は病院で逝った。

メモに遺された数字と寸分違わない日であった。


ふとあの中に自分の名前があったことを思い出した。

来るべき時を知るべきなのか悩んだ。しかし最期の日が決まっているのなら、後悔なく生きていきたい。意を決して父の書斎にある本棚を見ると、あの古書の姿が消えていた。

どこを探しても、封筒どころかメモ一枚見つからなかった。

結局、彼は自分の数字を知ることはできなかった。

でも、逆にそれで良かったのではないかと今となっては思う。

知ってはいけないことが世の中にはある。それにどうしてあのようなものが家にあったのか、父親に事情を訊くことも止しておいた。

あの本と封筒のことは、誰にも話さず、ずっと胸にしまい込んでいる。

そしてなんとなくこの家にいるのは落ち着かない気がし始めた。少々悩んだが、だから、もし結婚したら家を出て行くつもりである。

間際の言葉

伊地知さんは二十代であるが、落ち着いた雰囲気の女性である。

その彼女が言葉を選びながらこんな話をしてくれた。


彼女のお祖母さんは、他界する少し前から入院していた。

見舞いに行くたびにやせ細り、弱っていく姿を見るのは辛かった。

家族の誰もが、この先どうなるか、なんとなく察していた。しかしそれを口に出すのは憚られた。ただ僅かでも長く生きて欲しい、そう願うだけだった。

そんな最中、ある日の夕方だった。

仕事が早く終わった伊地知さんは、お祖母さんの病室を訪ねた。

話をしていると、不意にお祖母さんが枯れ葉のような手を顔の前で合わせる。

「沙保里ちゃん。お願いがあるんだけど」

こんなことを言うのは初めてだ。一体どういう頼みなのか聞き返す。

「あたしの部屋の箪笥ね。うん、あの箪笥。あの中から取ってきてほしい物があるの」

引き出しの三段目の底に手紙を隠してある。どうしてもそれが欲しいらしい。

お祖母さんは再び手を合わせた。

「誰にも内緒でね、沙保里ちゃんだから頼むのよ」

真剣かつ、たっての願いだ。

今日探して、明日持ってくる。誰にも内緒で。そう彼女は笑顔で請け負った。

家に帰り、隠れるようにしてお祖母ちゃんの箪笥を探した。

上から三番目の引き出しは、板で上げ底になっていた。

確かに手紙が入っている。古い封筒でしっかり封がしてあった。そこに〆が入れてある。

翌日、その封書を病室のお祖母さんに手渡した。

お祖母さんは手紙をかき抱き、はらはらと大粒の涙を流した。

「……沙保里ちゃん、もうひとつ、お祖母ちゃんのお願いを聞いてくれる?」

お祖母ちゃんの涙を拭いながら請け合った。

「お祖母ちゃんが死んだらね、これの封を開けて頂戴。中身も見てていいから」

縁起の悪いことを言わないで、そう怒る伊地知さんにお祖母ちゃんは手を合わせる。

「わかっているから……ねぇ、ちゃんと開けて頂戴よ。見てもいいけど、誰にも内緒よ」

結局、お祖母ちゃんの封書を預かることになった。

持って帰った手紙は、自室の小物入れの中に隠しておいた。誰にも見られないよう、見つけられないよう、目立たないように細心の注意を払ったことは言うまでもない。

手紙を預かった翌日、仕事中の伊地知さんの携帯にメールが届いた。

『お祖母ちゃんが危ない。早く病院へ』

彼女が駆け付けると、既に家族全員が揃っていた。

お祖父さんがお祖母さんの手を握っている。お祖母さんは弱々しく笑っていた。

「……沙保里ちゃん、よろしくね」

それが最後の言葉となった。

葬儀やその他諸々で慌ただしく時は過ぎ、あっという間に二週間が過ぎた。

その頃、請け負っていたあの事を思い出した。

きっかけは、お祖母さんが夢に出てきたことだ。

暗闇の中、彼女は小さな手を顔の前で合わせていた。

――そうか、あの手紙を開けなくちゃ。

目が覚めたとき、お祖母さんと交わした約束が完全に蘇った。

誰からも見られないよう、部屋の中でそっと手紙の封を開く。

何故かその瞬間、両腕に鳥肌が立ち、背中に悪寒が走った。

封筒の中には、折り畳まれた一枚の白い紙が入っていた。

ゆっくりと紙を開いた。

黒々とした墨で、中に名前が三つほど記されていた。

ひとつはお祖父さんの名前。

あとのふたつは知らない名だ。ただ女性名であることは分かった。丁度お祖父さんの名前を挟むように並んでいる。

名前それぞれの上に赤茶けた指紋らしきものが付けられていた。

（——血判？）

血の気が引いた。急いで折り畳むと再び封筒に入れ、小物入れに戻した。

何か良くないものを触ってしまったのではないかと、何度も石鹸で手を洗った。

その日、再びお祖母さんが夢枕に立った。

喜んでいた。

それから一週間経たないうちに、お祖父さんが亡くなった。

第一発見者は、父親だった。死因は脳溢血だった。見つけたときは事切れてから随分時間が過ぎていたようだ。

「人に見せられないような顔をして、逝っていた」と父親から聞いた。

祖父母の部屋は、家族が時間を見つけて少しずつ片付けを進めた。

ある土曜日、休みだった伊地知さんが、お祖父さんの箪笥を片付けていたときだった。

昔のお金や切手に混じって、一通の封書を見つけた。

封がしてあり、上に〆が書かれている。

手が震えた。お祖母さんのあの手紙を思い出したからだった。

どうしても確認したくなり、鋏で封を切り、中身を確かめてみる。

白紙が一枚入っていた。やはり墨で文字が書かれていた。

ただそれは名前ではなかった。

漢字らしき文字とカタカナ交じりの訳のわからない文章だ。

崩して書いてあるのか、漢字部分はまったく読み取れない。

カタカナはかろうじて読めるが、それだけだと意味をなさない内容だった。

紙面の真ん中にあの赤茶けた指紋らしきもの——血判がひとつ、ぽつんと残されている。

目の前が暗くなり、体温が下がっていく思いがした。封筒に戻したそれを握りしめたまま、自室に走った。小物入れの中の封書と合わせて掴むと、そのまま自転車に飛び乗った。

出来るだけ遠くの神社かお寺へ、それだけを考えペダルを漕ぐ。

二駅以上離れた所に小さな神社を見つけた。

境内に入ると誰もいない。周囲に目を配りながら、賽銭箱の前に立った。

そして、二通の封書を入れた。赦されることかどうか知らないから、とにかく謝罪しながら手を合わせた。

その日の夜、またお祖母ちゃんが夢枕に立った。

今度は、怒っていた。

生きているときには、見たことのない顔だった。


その後のことを伊地知さんは教えてくれた。

お墓参りへ行くと、墓石に入れられたお祖父さんの名前部分に必ず泥が詰められているという。彫り込まれた溝そのものを埋めるように、丁寧に入れられていた。

まるで誰かが、祖父の名前をお墓から消そうとしているかのようだ。

彼女は、今もあの〈手紙〉のことを家族に伏せている。

34

じゅうきゅうにん

その工場のラインに置かれた機械は事故が多かった。
それも工員の腕が巻き込まれ千切れてしまうような大きなものばかりだ。
もちろん安全対策済みだ。しかしどうしても人が怪我をすることは止められなかった。

ある日、件の機械が急に停まってしまった。
復旧させないと予定された生産数に届かず、業務に支障を来してしまう。
工務課の人間が原因を調べた。特に問題はない。だが復旧する様子を見せなかった。
時間だけが刻々と過ぎ去っていく中、工務課から後輩が助っ人にやってきた。
ここを見ましたかと、彼が訊く。
構造的に無関係であるはずだった。後輩は一応見ましょうと金属カバーを外す。
「……先輩、これなんですかね?」
差し出したのは折り畳まれた分厚く白い紙——画用紙だった。
いつからそこにあったのか定かではない。

だいたい、これまで何度もメンテナンスをしたが、一度も見た覚えがなかった。
「開いてみますね」
後輩が画用紙をそっと開いた。
ほぼ同時に機械が唸りを上げ、回転運動を始める。
「――これ、なんですかねぇ？」
回るローラーの横で画用紙を広げたまま、二人は首を傾げるしかなかった。
全てが赤いクレヨンで描かれていた。
中央に、右腕の先がない人間の絵らしきものがあった。
ご丁寧にそこから血が吹き出す表現までされている。
その横にたどたどしい文字が残されていた。
縦書きで一文。
〈じゅうきゅうにん　の　うでが　ちぎれたら〉
どう見ても、子供の字であった。

36

砂に埋もれる

灼けつく太陽の季節だった。

富山君は男女含めた友人数人と遊泳禁止の海に出かけた。危険な場所であるからか、彼ら以外誰もいない。

「なあ、ちょっと埋めてくれよ」

泳ぎ疲れた富山君が、周りの友人達に頼む。

波打ち際から少し離れた所を選び、皆で手で砂を掻き出した。ある程度掘り終わると、足を海側に向け身体を横たえる。

全身に砂が被さるとなかなかの圧迫感があった。深く埋められた為か、手足がびくとも動かない。手足の末端に鼓動を感じる。血液の流れが分かって面白かった。

富山君を残し、友人達は泳ぎに行ったようだ。太陽が眩しく目が痛い。瞼を閉じ、波の音と砂に身を委ねる。

突如背中に違和感が走った。

腰骨の辺りから首の真下に掛けた背中全体だ。何かが這いずり回っているような感触で、気持ち悪いこと夥しい。小さな蟹や貝か、虫か、それとも——何だ。

砂から腕を出そうとするが上手くいかない。仲間達がしっかりと砂を掛けてくれた証拠であるが、今は嬉しくなかった。

藻掻き、出してくれと大声を出すが、気付いていないのか誰も来ない。何度も叫ぶ。が、そもそも波の音にかき消されているようだ。

背中に蠢く異物感はいつまでも消えない。

どれくらい繰り返し大声を上げたか。

顔に影が被さってきた。見ると誰かが覗き込んでいる。

逆光のせいか顔が見えない。濡れた長い髪が揺れている。一緒に来ている育美だろうか。

髪の先から、冷たい潮水が顔に滴り落ちた。腕が出せず、顔が拭えない。

「おい、出してくれよ！　背中が……」

磯臭い水滴を避けながら頼むのだが、答えがない。

逆光の中からこちらをじっと見つめている。

「おい、育美！」

焦れながら叫んだとき、背中が痺れた。急激に皮膚感覚が失われていく。

「おい、育美！　育美！　出してくれ！」

もう一度呼びかけたとき、逆光の黒い輪郭の中心が露わになった。

育美では——否。それどころか、友人の誰でもなかった。

まず、顔が存在していなかった。

肉の殆どが抉れ、潰れている。所々に白い粒や黒い点、黄色く細い筋が見えた。

まるでこね回したハンバーグの種のようだ。

まともに残されているのは、髪の生え際近くにある額と、下顎の一部だろうか。目も鼻も口もない。あるのかも知れないが見えなかった。

叫ぶことも忘れ、ただ見上げることしか出来ない。

抉れた顔が揺れた。こちらに下がってくる。潮の臭いが強まった。

動けない。逃げられない。

喘ぐ口に滴り落ちる潮水が入った。口と舌と喉が拒否する味が広がる。

相手の顔が、すぐそこまで近付いてきていた。

富山君は、喉が破れんばかりに絶叫を放った。

「……おおーい、どうしたのぉ?」

風と波の音の合間、遠くから育美の暢気な声が聞こえる。

途端に顔が視界から外れた。

集まってきた仲間達が口々に何を泣いているんだ、どうしたんだと囃し立ててきた。

知らぬうちに泣いていたようだ。いいから早くここから出してくれ、そう頼む。

しかし何もしてくれない。仕方なくさっきの出来事を涙混じりに話す。しかし仲間達は笑うだけだ。完全に冗談だと思っているらしい。

必死に訴えて漸く掘り出してくれた。彼等はずっと笑っている。

「そんなこと言っても、誰もいなかったって。まあいいからさ……あ?」

仲間達の笑い声が消える。彼等は富山君の背中を指さしていた。

曰く、背中一面に貝の欠片がびっしりと突き刺さっている、らしい。

色や形状は様々だが、食い込むように皮膚へ突き立っていると騒いだ。

穴の中には砂しかなく、貝殻一枚ない。

強い日差しの中、全員その場で黙りこくる他なかった。

みしゅるべす

椿さんが高校受験直前と言うから、今から四年前の話となる。

当時の彼は悪戯電話に凝っていた。

携帯を使うと足が付く。だから公衆電話を使った。

相手が出たら大声で叫んだり、意味不明の言葉を並べ立てた。時には下品な単語を連呼したこともあった。そうでなければ無言を押し通し、相手が切るのを待った。

悪戯電話をすると、受験のストレスがすっと消え失せた。

だから、数日に一回の割合で悪戯を続けたという。

ひとつルールがあれば、一度につき十円玉一枚だけ使うということだけだった。


その日も悪戯電話に精を出していた。

コール音数回。繋がった。相手は何も言わない。耳を澄ますノイズが聞こえる。こちらも無言を押し通す。数分が経ち、硬貨が切れるブザーが鳴った。

そのブザーが鳴り終えると同時だった。

『……みしゅるべ』

途中で切れた。

澄んだ若い女の声だった。硬貨が切れたせいか。それとも切られたのか。語尾部分がばっさりと断ち切られていた。

何となくその女の声が気になって仕方がない。何故か惹かれる。

みしゅるべ、とはなんだと気になったこともあるのかもしれない。

もう一度掛け直すにも番号が分からない。ランダムに打ち込んだことが仇となった。

(二度と掛からないだろうな)

彼は諦めた。

——だが、悪戯電話をすると何度かに一度の割合でその女に繋がるようになった。

無言が続く。背後のノイズ。そして。

『みしゅるべ』

硬貨が切れる瞬間、女は必ずこの一言だけを口にする。他には一切喋らない。無言のまま、まるで通話が終わるこの一瞬を待っているかのようだ。

彼はこの女の声を聞くたびに、尻の上に電流が走るような快感を覚えた。

みしゅるべ、みしゅるべ、みしゅるべ、みしゅるべ。口の中で繰り返す。しかし女が口に出すのと違って、何の感慨も湧かない。言って貰う事が重要なのだろう。

何度もあの女の声に遭遇するうち、ある法則を見つけた。

（あ。この市外局番に掛けると、あの声が出る確率が高いぞ……）

ゼロから始まる〈とある都市部にある市外局番〉だった。

それから悪戯電話の度にその番号を打ち込むことを繰り返した。後は適当な数字を押す。

当初の悪戯電話という目的は、女の声を聞くことに変わっていたのかもしれない。

もっと繋がる確率が上げられないものか。思案の末、椿さんは、押した番号をメモに残すようにした。

だが、女に繋がる番号はいつも変わった。市外局番以外の法則性は全く分からなかった。

普通ならおかしいと思うはずだったが、彼はそのことさえも気が付かなかった。

止めることはできなかった。


何度目だったろうか。

女の言葉が変わった。

もっと声を聞きたい。ルールを破り、新たに硬貨を投入したときだった。

『みしゅるべす　てにはらぬけの　あわれなす』

ここまで喋ると、相手が電話を切った。慌ててメモを見ながら掛け直す。

『……現在この電話番号は』

機械的なアナウンスが流れるだけだった。何度掛けても結果は同じだった。

その日を境に、女に繋がることは一切なくなった。

もうあの声が聞けない――椿さんは酷い喪失感と共に悪戯電話を止めた。

ところが、である。

家の固定電話や携帯から普通に電話を掛けると、何度かに一度の割合で女に繋がった。

理由は全く分からない。

『みしゅるべす　てにはらぬけの　あわれなす』

これだけ言うと、女は電話を切る。

毎回一言一句違うことがない。同じ言葉だ。メモに取った。そして何度も自分で繰り返した。五七五のせいかすんなりと覚えられた。

喜び、繰り返す中、ある疑問が浮かんだ。

(登録した番号で掛けているのに、どうしてあの女に繋がるのだろうか？)

混線にしてはあまりに都合が良すぎる。

そして、彼以外の家族にこの現象は全く起こっていない。

一瞬だけ訝しんだものの、このことはすぐに忘れることにした。ただ、女の声が聞ければ良かった。

いつしか、こちらが掛けなくても女から携帯に掛かってくるようになっていた。時間帯は決まっていない。いつも非通知、もしくは公衆電話からだった。

十数度目の女の電話を取ったとき、前から思っていたことを口に出した。

『みしゅるべ……』

「あの、一度で良いから普通に話をしませんか?」

女の言葉の途中、割り込むように話し掛けてみた。普通に言葉を交わし、この魅力ある声を楽しみたかった。いや、出来れば友人になりたかったのかも知れない。

『………』

一瞬の静寂。

そして、女の絶叫。

悲鳴ではない。喚き散らすようなそれは、完全な否定の意味を含んでいるようだった。

唐突に電話が切れる。

全身に悪寒が走った。すっと頭が冷静さを取り戻す。

(どうしてこんな気持ちの悪い電話に恋い焦がれていたのか――!?)

一気に目が覚めた。

だが、その日の夜中だった。

椿さんがベッドで眠りに就いていたとき、不意に携帯が震えた。

女の絶叫が不意に思い出され、思わず飛び起きる。サブディスプレイには友人の名前が出ていた。メール着信の報せだ。ホッと胸を撫で下ろし、携帯を開いた。

何も書いていなかった。空メールという奴だ。こんな時間に悪巫山戯だろうか。

（こっちからも空で打ち返してやれ）

ベッドの中で腹這いになり、携帯を持ち直したときだった。

足側から布団が一気に捲り上げられた。

布団が頭に被さってくる。驚き、藻掻く。顔を出し、部屋を見回したが誰もいない。

再び携帯が震えた。思わず目を遣る。着信ではなかった。

自分が送ろうとしていた空メールの本文の中に、平仮名四文字が浮かび上がっていた。

〈て　に　は　ら〉

打った覚えはなかった。てにはら。てにはら。ああ、そうか。思い出す。

あの、みしゅるべす、の後に言葉だ。

その日は良く眠ることができなかった。

翌日、夜中メールしてきた友人と教室で顔を合わせた。

問い質そうとすると、相手から口を開く。

『みしゅるべす、てにはらぬけの、あわれなす』

友人の口から飛び出したのは、あの女の声だった。

周りを見るが、誰も気付いていない。泡を食っていると、目の前にいる友人が少しだけ怒った声を上げた。

「……どうしたんだよ。無視するなよ」

「え、ちょっ。お前さ、今なんか変なことを言ったろ?」

友人は困ったように眉を下げた。

「俺はお前に昨日のメールのことを訊いてたんだぜ。あんな時間に空メール送りやがって。迷惑を考えろ、悪戯すんなって」

こちらの台詞だ、お前がやったんだろうが、そう言い返す。友人は携帯を弄り、こちらに向ける。楮さんからのメールで、着信時間は夜中だ。

楮さんも例の空メールを見せる。友人は首を傾げる。彼は送信ボックスを開き、こちらに向ける。こちらに送った形跡はない。消したのかもしれないと思ったが、それを察知したのか友人が言い切る。

「送った覚えはない」

較べるとお互いの着信時間はほぼ同じだ。どういった事なのか分からないまま終わった。

このメール事件は一度だけだった。

だが、今度は悪戯電話被害が始まった。

椿さんの携帯、そして家族の携帯と自宅電話に掛かってくる。毎回無言か絶叫だ。あの女の声に似ているような気もするが、違うようにも聞こえる。どうにも判断が付かない。

防護策だと携帯の番号を変え、非通知と公衆電話は着信拒否にした。そして、自宅電話はナンバーディスプレイを契約した。

「非通知、公衆電話からの電話は無視」これが家族間の約束事となった。

悪戯電話は毎回非通知か公衆電話だったからである。

だが、ある時のこと、出先で椿さんの携帯の充電が切れた。

丁度どうしても自宅に緊急の電話の必要があり、仕方なく道路端にある公衆電話を使った。ボックスではなく、カバー式の物だ。

何度コールしても誰も出ない。

（あ。公衆電話だからか……）

忘れていた。当然だと思い出したとき、電話が繋がった。これ幸いと話し出す。

「あ、俺だよ。ごめん。充電が切れてさ。あのさ」

『みしゅるべす　てにはらぬけの　あわれなす』

あの声だった。

唐突に背中全体が何かに引っ張られた。

後ろによろける。

受話器が耳から離れそうなった瞬間、耳元でけたたましい笑い声が聞こえた。

後方へ倒れていく全身に強い衝撃が走る。意識が頭から吹っ飛ばされた。

ブラックアウトする寸前、公衆電話カバーの〈上〉から覗き込むものが視界に入った。

パーマの掛かった長めの金髪。色白の肌。薄黄色い身体。顔だけは若い女だった。

見えたのは上半身だけ。相手は笑っていた、ような気がした。

気が付くと椿さんは病院だった。路上で車に引っかけられたのだと後から聞いた。後に倒れ込んだ彼が車体の一部に当たった、という状態だ。速度を落としていたため、大事には至らなかったことが不幸中の幸いだった。

彼の携帯は事故の騒ぎで失われ、戻ってこなかった。
それ以来〈みしゅるべ〉の電話は二度と掛かってくることがなくなった。
だが、念のためもう一度全ての電話番号を変更したという。

あれから何年も経ち、椿さんは大人になった。
彼は〈みしゅるべす　てにはらぬけの　あわれなす〉は今も暗唱できる。
あまり口に出したくはない、が。

イナチュウ

関さんが高校二年生のときだ。

彼女のクラスに〈イナチュウ〉と呼ばれた少女がいた。

とある漫画に出てきたキャラクターに顔が似ていたことが理由だ。

キツい天然パーマに下ぶくれで、顔のパーツが中央に寄った面構えである。

同級生から「イナチュウ」と呼ばれても笑いながら応えていたことから、誰もその呼び名を止めようとはしない。赦されていると皆が思い込んでいた。

しかし、二学期が始まった頃、イナチュウが突然キレた。

カッターナイフを振り回して暴れながら叫ぶ。

「イナチュウって呼ぶなぁああ！」

本当は、イナチュウと呼ばれることを、彼女は好んでいなかった。

この事件以来、イナチュウはクラスで浮いた存在となった。卒業するまで――否、卒業後も彼女はいなかったものとして扱われ、同窓会があっても呼ばれることはなかった。

高校を卒業して十五年。関さんは主婦になっていた。

ある日の夕方、夕飯の買い物に出たとき後ろから声を掛けられる。

「あれ？　佐藤さんじゃない？」

旧姓で呼ばれ、思わず振り返る。上品な美人が笑っている。記憶を探るが知っている顔ではない。キャッチセールスみたいなものだろうか。

「申し訳ありません。どちらさま……？」

身構えて答える。声を掛けてきた人物は、一瞬意外そうな顔をし、また笑った。

「私よ、私。永島よ。高校のとき、同級生だったじゃない」

永島――イナチュウだった。

昔の面影は殆どない。髪の毛は艶のあるストレートだし、何より顔がすっかり変わっている。イメージさせるものが残っているとすれば、声くらいのものだ。

もしかしたら整形だろうか。懐かしさより先に、居心地の悪さが先に立った。

「佐藤さんは、この近くに住んでるの？　もしかして結婚した？」

「ええ、まあ……永島さんも？」

曖昧な返事にイナチュウが笑顔で答える。

「ううん。私が住んでいるのはもっと遠い所なの」

適当なところで話を切り上げ、イナチュウと別れた。彼女はずっと手を振りながらこちらを見送っている。

怖いくらい満面の笑みだった。

イナチュウと会った翌日、関さんは自宅で掃除機を掛けていた。

「ん?」

視界の端に何かを感じる。

顔を上げるとベランダの硝子戸に自分の姿が映っていた。

ただそれだけだったが、どうにも違和感が拭えない。

動けばベランダの硝子が目に入る。その中で自分がチラチラ動いている。

ただそれだけなのに気になって仕方がなかった。

顔を上げ、硝子戸をじっと観察する。

我が目を疑った。

硝子の中に映った自分。その右肩の上に、大きな顔が乗っていた。

熱で溶けたソフトビニール人形のような顔だった。

捻れた黒髪が四方八方に伸びている。顔のパーツは中央に集まり、その口は引き攣れたように歪だ。そして酸欠の金魚のように動いていた。

見覚えがある。遠い記憶が一気に呼び覚まされる。

「まさか。まさか……イナチュウ?」

口をついて出た。硝子戸の顔が更に歪んだ。

小さな悲鳴を漏らしながら、思わず肩の上を振り払う。だが何の手応えもない。

勢いで肩口を振り返る。何もいない。

硝子戸を見ると、もう何も映っていなかった。安堵と共に力が抜ける。

ただの見間違え、気のせいだと言い聞かせ、掃除を再開した。


しかし、この日を境に〈イナチュウの顔〉は度々姿を見せた。

それも姿が映るもの、即ち硝子や鏡の中にだけ現れる。そして、この顔は関さん以外の誰にも見えないようだった。

(もしかしたら疲れからくる幻覚かもしれないし)

そういうことにして、家族の誰にも話さなかった。話せなかった。

一応気休めとばかりに近所の神社に出かけ、手を合わせる。しかし、効き目は全くなかった。顔はいつまでも姿を見せ続ける。それでも自分を誤魔化し続け、我慢を重ねた。

だが、ひとつ気がかりがあった。

顔を見始めてから偏頭痛に悩まされることが増えたのだ。

いつも頭の右側に鈍痛が走る。稀に吐き気を催すような痛みになることもあった。

(やはり、イナチュウが原因なのかな……?)

馬鹿らしい理由付けだが、思い当たる節はそれしかない。それとなく高校時代の友人知人にイナチュウの行方を訊いてみる。誰も彼女の行方を知らなかった。逆に、今更そんなことを訊ねてどうするの、そんなニュアンスの答えばかりであった。

溶けた顔が映り始めて、二ヶ月が過ぎた頃だった。

「お母さん、お母さん、顔があるよ……。そこ。映ってる」

小学生の娘が強張った表情でレンジの窓を指さした。

そこには自分の姿が映り込んでいる。肩にあの溶けた顔があった。

娘にまで見え始めた——心の奥底で緊急警報が鳴った。

夫にこれまでのことを話し、家族全員で正式な御祓いを受けた。

だが、全く効かなかった。そして、ついには夫も目撃するようになってしまった。

「あのさ、知り合いが知ってるちゃんとした拝み屋があるんだよ。そこに行こう」

夫が人伝に見つけてきた拝み屋は、スーツ姿の小柄な初老の男性だった。

拝み屋は関さんを見るなり小さく唸った。

「うむ。あんただけ、こっちに来なさい」

彼女だけが別室で拝まれた。終わるや否や、拝み屋が言う。

「一応終わった。だけども、油断してはいけない。何かあったらまた来なさい」

以来、映るイナチュウの顔は消え、誰の目にも触れなくなった。


普通の生活に戻って、幾らか経つ。だが、少々気になることが残った。

偏頭痛が蘇ったこと。そして自分の髪の一部が縮れ始めたことだ。

ふと拝み屋の言葉が蘇る。

「……後ろの顔な。頻りに〈あんたのせいだ、あんたのせいだ〉と言っているよ。何か心当たりはないのかい？」

もしあの顔が本当にイナチュウの顔だとすれば――心当たりはある。

最初に永島さんをイナチュウと呼んだのは、彼女だからだ。

関さんは、近いうちに再び拝み屋を訪ねるつもりでいる。

流れ作業

彼女はアキと名乗った。

細面で色白だ。背は低めで、細い。

テーブルの上に置いた右手の甲を左手で触る癖があった。

現在、彼女は食品工場で流れ作業の仕事に就いている。

元々、とある企業でＯＬをしていた。

——ココニイルノハ、ホントウノジブンデハナイ。

雑用ばかりの毎日。仕事中このような心の声が聞こえ、それがきっかけで会社を辞めてしまったという。二十一歳の頃だと言うから、二年前のことである。

早速「本当の自分がやるべき仕事を探した」のだが、そんなに甘くはなかった。

実家に帰れば食と住は何とか事足りることは分かっている。だが帰るつもりはない。親が鬱陶しいことが分かり切っていたからだ。

結局、夜の仕事に就いた。食べる為、繋ぎの仕事と割り切った。

勤めたスナックは、雑居ビルの三階、若いママと二人のホステスのいる店だった。

カウンターとボックス席が三つあるだけで、何処か辛気くさい。客層も悪く、場末のスナックそのものといった雰囲気だった。

(この仕事は食べる為。昼間に自分らしい仕事を見つけるんだ)

自分を誤魔化しながら務めること半年。結局夜の仕事のせいで昼間起きられなくなった。職業安定所は日中しかやっていない。当然仕事探しは出来ないままだ。

この頃、夜の仕事でもいいかと思い始めていた。

客あしらいも慣れてきた。流れ作業のように処理し続けるだけでいい。もちろん客ひとりひとりにそれぞれ癖はある。だが、基本は同じだ。単調なものでしかない。

加えて、ママも二人の先輩ホステスも話してみれば悪い人ではなかった。何となく居心地が良くなってきた冬のことだった。

ふらりと店にやってきた初見の客に付いた。

紺のスーツの冴えない親父だった。

ガリガリに痩せており、白髪交じりの髪の毛は薄くなっている。着ている物はくたびれ、加齢臭とは違った臭いを周囲に撒き散らしていた。

(臭い。ショボい。オッサン最悪)

心の中で悪態をつきながら、アキはいつもと同じように流れ作業に入った。

挨拶。水割りを作る。自分の飲みものをねだる。フルーツなどを勧める。煙草に火を点ける。灰皿を取り替える。ボディタッチを適当にかわす。カラオケを歌う、歌わせる。

いつも通り、何も変わらないルーチンワークだ。

お愛想の後、男をエレベーター前まで見送りに出た。

「ありがとうございましたぁ、また来て――」

男がいきなりアキの右手首を掴んだ。

かなりの力で締め上げられ、骨が軋む。アキを自分の口元に引き寄せると、耳元で囁く。

「あンた。男を舐めるンじゃァねえぞ。酷い目に遭わせてやるからな」

それだけ言うと男はエレベーターに乗り込み、扉を閉めた。

最後、隙間から見えた男の顔は歪んだ薄ら笑いを浮かべていた。

翌日、アキが店で客の相手をしているときだった。

「何だァ!?　テメェ俺に文句あるのか?」

客が怒り出した。ママや先輩、周りの客が驚いた顔でこちらを見ている。

取りなそうとするのだが、取り付く島もない。

客はアキの頭にグラスの水割りをぶち撒け、そのまま帰ってしまった。

店が終わった後、ママに様子を訊かれたが「分かりません」としか答えられなかった。本当に心当たりがなかったからだ。

「それなら仕方ないわね。でも客商売だから、気を付けて」

このときは、少し厳しい口調の説教で終わった。

しかし、この日を境にアキに怒る客が増えた。

一見だろうが、常連だろうが関係ない。脈絡もなくアキに怒る。客が怒るのは、必ずアキが一対一で付いているときだった。

一週間に二回から三回は同じようなことが繰り返される。その度にママに叱られる。

それから一カ月が経つか、経たないかの頃だった。

「あのね、アキちゃん。常連のテラカドさんから聞いたんだけどね」

ママが責めるような声で言う。テラカドさんは店一番の常連でママの〈いい人〉だ。

「アキちゃん、あなたお客さんに凄いことを言うらしいじゃないの」

凄いこととはなんだろうか。ママは続ける。

その人の外見、性格などを揶揄した悪態を吐いている、普通なら言われないような酷い言葉の悪口をあの子は言うのだ、そんな悪い評判が囁かれているらしい。

知らない。そんなことを言った覚えがないと言い返すが、ママは首を振る。

「直に見たことはないわよ。でもね……まあ、いいわ。もう明日から来なくていいから。お給料は今日までの分出すから安心して」

冗談じゃない。覚えもないことで辞めさせられたくない。それに今仕事を失ったら、路頭に迷ってしまう。支払いだってあるのだ。

辞めさせないでくれと縋るアキにママが溜息をついた。

「これ、見て」

ママが携帯を取り出し、液晶をアキに突きつける。

自分の顔が映った。下から煽りで見たような、おかしな角度から撮られている。隠し撮りかもしれない。

『……テラカドさんって、臭いよね。あとケチだし。死ねば良いと思うな、アキは』

ノイズに乗って、声が聞こえる。笑いながら喋っているのは確かに自分だった。しかしこんなことを話した覚えはない。

「テラカドさんが携帯で録画したんだよ。そして私に証拠品のデータをくれたの」

幾ら言い訳をしても、ママの態度は変わらない。

アキは馘になった。

馘になった後、他のスナックに移ったが、すぐに辞めさせられた。

理由は「客に悪口を言うから」だ。夜の仕事が無理になり、仕方なく昼間のスーパーでレジ係に就いた。しかしそこでも長続きしなかった。ここでも同じ理由で退職させられたのである。そう——悪口だ。客や同僚に対してというがもちろんアキ本人には覚えがない。だが周りの人間は揃って言う。「特に客からの苦情が凄いんだ」と。

こんなとき、アキは必ずあのスナックの動画を思い出す。

(もしかしたら、アタシは多重人格とかそういう病気なのかもしれない)

医者や親を頼れば解決するかもしれない。でも、そんな気になれない。自分が病気であると他者から認められてしまったら、そこで全てがお終いになりそうな気がするからだ。

もう接客するような仕事には就かないことを決めた。

だから今、食品関係の流れ作業という仕事に就いている。

〈本当の自分がするべき仕事〉は見つけることは出来ないままだ。

もうひとつアキには気になることがある。

友達と携帯で話していると、稀にもの凄く大きな声が被さるように入ってくることだ。

ただそれはアキに聞こえない。話している相手にしか聞こえた。

中年男性の怖い声だという。

アキの声を塗り潰すが如く、それは響き渡る、らしい。

そして、いつも同じ台詞だ。

——ざまァみろ。

誰の声なのかは分からない。

しかし、彼女にはそれが誰の言葉か、なんとなく分かるような気がしている。

饂飩供養

古座さんがバイトしていた饂飩店は、稀に〈饂飩供養〉があった。

何をしても饂飩が生茹でになることを、その店では「釜が言うことを聞かなくなる」と言っていた。この〈言うことを聞かなくなった〉ときに饂飩供養は行われるという。

ではどうやってそれを知るのかと彼女は訊いたことがある。

先輩曰く、方法は朝と休憩終わりの試し茹でで判断するということであった。

それぞれ一玉饂飩を茹で、上手く上がらないことがある。店はその日全休になった。

そして饂飩供養を行う。

「あの、供養って何ですか？　何するんですか？」当然の疑問を先輩にぶつけた。

先輩が教えてくれる。

まず釜の火を落とし、湯を抜く。業務用の釜なのでさほど面倒な作業ではない。

続いて釜周りの清掃をする。それを終えると、一部の従業員を残し皆が帰される。

「だからこれ以上ボクは知らないわけ。まあ神主か坊さんでも呼ぶんじゃない？　供養ってことだし。何を供養するかって？　……さあ？　饂飩そのものじゃない？」

はっきりと分からないようだ。

このとき残されるのは店長やそれに近しい立場の古株が多い。この人達なら何か知っているんじゃないの、と先輩は話を打ち切った。

矢鱈と気になり、他の従業員にも訊ねてみた。しかし、何か渋るような様子で口籠る。

あまり触れてほしくない話題のようだ。

だが、ある従業員からこんな話を聞き出した。

「供養は供養でもねぇ……。あれって饂飩の供養じゃないんだよ」

オーナーの娘さんの供養をしている、そんな答えが彼から返ってきた。

饂飩が茹で上がらない原因は、その亡くなった娘さんにあると言う。

確かに、オーナーの娘さんが死んだという話は聞いた覚えがある。しかし、どうして饂飩を茹でられなくするのか、関連性が分からない。

大きな声では言えないが、ここだけの話と教えてくれた。

この従業員は一度だけ、供養の様子を盗み見たことがあった。

帰る振りをして、そっと外から厨房を覗いたのだ。

湯を抜き、清掃を終えた釜の前で袈裟を着た僧侶が数珠を鳴らしている。

その後ろでオーナーや一部の従業員が首を垂れていた。

確かに供養という言葉がふさわしい光景だった。

が、途中、従業員は我が目を疑った。

饂飩の釜の上、宙に裸身の子供が浮いていた。

背丈や体格から言って、歳の頃は小学生くらいだろうか。それも確かではない。

顔も、身体もデコボコとして、判別が難しい。

青や紫、黄色い斑紋が至る所に浮かんでいた。痣だろうか。

腫れているのか、それとも骨が折れているのか。どういう状態か分からないが、頭も身体も何処か歪なラインを描いている。

まばらな髪の毛が長いこと。股間にでっぱりがないこと。それでかろうじて女児ではないか、そう思った。

傷の所々から滲み出した血膿が、饂飩釜に絶えず滴り落ちていた。

思わず声を上げそうになりながらも、ぐっと耐えた。

経を上げる僧侶もオーナーも、誰も彼もが、少女の姿が見えていない様子だ。

再び視線を戻したとき、全身から血の気が引く思いがした。

少女の目は瞼が閉じられたままであるにも関わらず、確実に彼のほうを捉えていた。いや、そう感じられた。

不意に釜が大きな音を立てた。大きな木べらをぶつけたときのような鈍い金属音だ。音とともに少女の姿が消えた。供養参加者全員が狼狽えている。

今だ、逃げよう。彼が踵を返しかけたとき、何かが自分の真後ろに見えた。

咄嗟に振り返ると、釜の上にいた少女が浮かんでいた。

どんな顔なのか、どういう表情なのか。全く判別がつかない。だが、明らかな悪意と敵意をこちらに向け放っている。

無我夢中で逃げた。どういうルートを通ったか覚えていないほど、必死で走った。

その従業員は言う。

「何とか逃げたよ。あんな恐ろしいもんは懲り懲りだね」

ただ、どうしてオーナーの娘さんと関係があるのだろうか。そこが理解できない。

——あの女の子、オーナーの死んだ娘じゃないだろうか。その従業員が言う。

これは自分の想像であり、憶測でしかないと前置きをする。

あの釜に誤って落ちて、死んだ。だから出てきて、饂飩を茹でられなくするのだ、と。

しかし全身が痣だらけで歪んでいる理由にはならない。話で聞く限り、明らかに火傷ではないだろう。どちらかと言えば、打撲傷に聞こえる。女児という前提を考えれば、児童虐待などが思い浮かばないだろうか。

どちらにせよ、と彼は厭気がさしたような表情で返す。

「……あの女の子の汁入りの釜で茹でたまかないの餛飩なんて、食えないよ」

確かに彼がまかないを口にする姿を見たことはない。

彼女も、その日から店を辞めるまで、まかないを食べられなくなった。

そして〈餛飩が茹でられなくなる〉本当の原因も、結局分からずじまいのままだった。

琥珀道標

遥香さんが小学校に上がるか上がらないかの頃だ。

お母さんと二人、家から逃げた。

父親の暴力から身を隠す為だった。

真冬、なけなしの金をはたいて電車に乗ったことを、二十年経った今も覚えている。

行き先は北の方で、お母さんの姉妹の家だった。

家には旦那さんと遥香さんくらいの子供がいた。突然の来訪だったが、皆温かく迎えてくれた。誰も彼もとても優しかった。


逃げ出して三日目の夜は、とても冷え込んだ。

客間の布団の中で、お母さんがぎゅっと抱き締めてくれる。温かいねと言う遥香さんに、母はごめんねとだけ返した。

暗い中、母の咽び泣きを聞きながら、いつしか眠りに落ちた。

「――起きて、起きて」

母の声で目が覚める。丁度柱時計が四回鳴った。まだ辺りは暗かった。

どうしたのかと眠い声で訊ねる。

母は無言で上着を着せた。そして、手を引いて部屋から出て行く。

何故かとても怖くて、何処へ行くのか訊ねられなかった。

玄関を出、暗い雪道を歩いていく。息が白く、顔や手、耳が千切れるように痛む。

明かりも何もないはずなのに、母は迷わず真っ直ぐ進んだ。手を引かれ、後を付いていくしかなかった。

寒さのせいか、歩き過ぎたせいか、靴の中で足先が痛くなる。

いつしか見知らぬ寂しい場所に来ていた。

道の両側に盛り上げられた雪が、暗がりの中に仄白く浮かんで見える。

「ねぇ、どこへいくの」

やっと口に出せた。母は無言で前を指さす。

先のほうがぼんやりと明るくなっていた。

いつの間にか、周りが柔らかい琥珀色の光で包まれている。

脇に盛られた雪。その一部を掻き出して作った窪みの中が光っていた。

琥珀の色はそこから漏れ出している。

光は道標のように両側にずらっと等間隔に並んでいた。
それはとても心安らぐ穏やかな光だった。
ゆらゆら揺れる光の光源は蝋燭なのか、それとも豆電球なのか分からない。
どう見ても光の玉が浮かんでいるようにしか見えなかった。
「わあ、きれい。おまつりみたい」
思わず声が出た。母を見上げるが、じっと前を見つめている。
雪の道、琥珀色の灯火の間をゆっくりと進み始めた。
他の誰も歩いていない。母親の手を強く握った。握り返してはくれなかった。
琥珀の光の中、じっくりと母の姿を見る。よそ行きの綺麗な服を着ていた。
進む前へ視線を向ける。ずっと光の道標が続いていた。
どことなく不安になって再び母を見上げる。
母はこちらを向き、疲れた悲しい顔になった。そして「ごめんね」とだけ呟いた。
小さく首を振るしかできなかった。
どれくらい進んだだろうか。空に遠い山の境界線がうっすらと浮かび始めていた。
「そろそろ着くよ」
母がぽつりと囁く。何処か他人事のような言いぶりだった。

前を見ると、薄紅色の光が浮かぶ場所がある。
積もった雪の真ん中に、薄紅の花が咲き乱れた野原があった。
まるでそこだけ春のようだった。これを見せに来たのだろうか。
「あそこで遊んでいいよ」
母は微笑んでから手を離す。
はしゃぎながら走り出したとき、何となく寂しい気持ちになった。
立ち止まり、後ろを振り返る。
お母さんがいない。
これまで辿ってきた道標の光も、薄紅の広場も全て消え失せている。
薄暗い雪の広場に取り残された。
「おかあさーん!!　おかーさーん!!」
大声で繰り返す。答えはない。辺りを駆け回り、母の姿を探すが影も形も見えない。
泣きながら走り出す。
そのとき、目の前に大きな琥珀色の光の玉が飛び出してきた。
思わず両手で受け止め、ぎゅっと握りしめた。
途端に視界が暗転し、身体が落下する感覚が襲ってきた。すーっと奈落の底に落ちていく。そんな想像が頭に浮かぶ。
　そして、ふつりと意識は途切れた。

「……か……るか……遥香！」
　誰かが呼んでいる。温かい手で身体を揺すられている。
　薄く目を開けると、周りを誰かが取り囲んでいた。
　お母さんと、その姉妹の家族だった。
　泣き顔の母に抱かれている。
　見知らぬ場所だ。目の前には、薄く氷の張った溜め池があった。
　手の中で何かが動いた。
　赤くなった指先を開くと、黄金色の甲虫が一匹いた。手足が動いている。
　図鑑で見るような緑がかった金ではなく、琥珀のような色だった。

　後にお母さんから聞いた。
　朝方、遥香さんがいなくなったことに気付き、皆で探し回った。
　上着と靴がないことに気付き、外に出たのではないかと探索の範囲を広げる。

玄関から出てすぐ、夜に降り積もった雪の上に遥香さんの足跡を見つけた。
その横に、寄り添うように大人の足跡が続いている。大きさ的に女性っぽさがあった。
誘拐ではないかと怖くなり、母は妹に交番に走ってもらった。
残った人間で足跡を追う。
遥香さんが見つかったのは、家から長く歩いた先にある、溜め池の畔だった。
パジャマに上着だけを着た姿で倒れている。
その周りを、大人の足跡がぐるぐると何周も回っていた。
ただ、その足跡はその場から何処かへ行った形跡が微塵もなかった。
手の中にあった甲虫は、騒ぎの中、いつの間にかいなくなっていた。

黒禍

登栄家は中古住宅を買った。

妻である保須美さんが三十六歳、夫が四十二歳のときである。

厄年のとき、大きな買い物をすればよいという通説から踏み切ったのである。

なけなしの貯蓄をはたき、一世一代の買い物だった。

家は坂の途中にある二階建てで、裏が低い崖に切り立っていた。上は休耕田になっている。家屋自体はさほど傷んでおらず、日当たりの良い物件だったという。

前住んでいた家を引き払い、引っ越しをしたのは四月のことだ。

お金がない為、業者は使わない。保須美さんと夫、小学生の娘、夫の母の四人でせっせと荷物を運び入れる。

午後、日が傾きかけた頃だった。

「……うわーっ！」

保須美さんがトイレ周辺を整えていたとき、娘の悲鳴が聞こえた。

床の間のある部屋からのようだ。

何事かと駆けつけた彼女は、その場に固まってしまった。
部屋の中央に、娘が仰向けに倒れている。
両手両足を真っ直ぐ伸ばし、まるで気を付けの姿勢だ。
青ざめた顔で、固く瞼を閉じていた。
それだけではない。
娘の左腕に何かが絡みつき、覆い隠している。
薄青い煙か。いや、煙ではない。もっと密度と質量を感じる。
言うなれば、虫の吐く糸か。
汗の臭いと生臭みが合わさったような臭気が部屋に漂っている。
唐突に娘の左腕が見えないものに引っ張られた。
気を付けの姿勢のまま身体が畳の上を滑る。床の間側に動いていた。
慌てて飛びつくも、動きを止めることができない。
保須美さんの悲鳴に夫と義母が飛んできた。一瞬呆気に取られながらも加勢に加わる。
三人がかりでやっと止めることができた。
娘の身体は床の間の近くまで引き摺られ、畳三畳分ほど動いていた。
助け起こした娘の腕から青い糸が消え失せている。

意識が戻らない。病院だ、救急車だと騒いでいる最中、娘が息を吹き返した。

「あれ？　あたし、どうしたの？」

覚えていない。覚えていることと言えば、祖母に呼ばれたと思い、床の間のある部屋に入ったことだ。

誰もいないからおかしいな、空耳かな。仕方なく部屋を出ようとしたとき、何かを見た記憶がある。が。それが何か思い出せなかった。

この騒ぎと業者を使わなかったせいで片付けの殆どがその日のうちに終わらなかった。

あんなことがあったのだ。本当は逃げだしたい。が、もう貯金は底を突いていた。新たに物件を探すことは難しい。

(この家に居てもよいのか？)

いろいろ厭な想像をしてしまう。家族会議の結果、とにかく片付けて、御祓いを受けることに決めた。効き目があれば儲け物だ。その程度なら金銭的になんとかなるだろう。

その日は親子三人、同じ部屋で寝た。義母だけは自分の部屋で床に就いた。

眠りに落ちて、どれほど経った頃だろう。

誰かに起こされた。

娘がこちらの肩を揺り動かしている。時計は午前三時を回っていた。トイレかと訊くが、何も答えない。ただ保須美さんに手を掛け、揺らすだけだ。

一体なんだと夫も目を覚ます。電灯を点け、娘を見た。

言葉を失った。

彼女は白目を剥き、涎を垂らしていた。口からは舌が突き出ている。呼吸困難の人がこのような顔をしている覚えがあった。

慌てふためいているとき、今度は遠くから叫び声が轟く。

奥の和室、義母の部屋からだ。尋常な叫び方ではない。

夫が飛び出していくと同時に、娘が布団の上に頽れる。

「っつた」

倒れる瞬間、意味不明の呻き声を吐いた。

どうして良いか分からなくなり、奥の部屋へ走った。廊下を曲がると、開け放たれたドアが見える。そのドアの傍に座り込んだ夫の姿が目に入った。

夫の前に、半裸の義母が立っていた。

白目を剥き、舌を突き出している。

「っつた」

娘と同じような呻きを発し、義母が崩れ落ちた。

娘と服を着せた義母を同じ部屋に寝かせ、一晩まんじりともせずじっと見守り続けた。

日の昇る頃、義母と娘が目を覚ます。

「どうしてここにあンた達がいるの？　あたしの部屋に勝手に……」

保須美さん達を不思議そうな顔で見つめていた。事情を説明するが、納得のいかない顔で文句を言う。

「んなこと言ったって……ああ、夢くらいは見たけどさぁ」

義母は得体の知れない大きな黒い塊に呑み込まれる夢を見ていた。

娘も同じ夢を見ていた。呑み込まれたとき、とても苦しかったところまで一緒だった。

ただ、その〈黒い塊〉がどういったものかまで覚えていなかった。


不動産屋にそれとなく抗議の電話を掛けた。

『ははあ。いいえ、そういった物件ではないですし。ええ。いや。売りに出されても勿体ないですよ。ええ』

こんな物件は他にない、そう担当者は言いながら、こちらの文句を全て否定してくる。

意気消沈の中、再び引っ越しの片付けを始めた。

夕方になった頃、保須美さんは夫と娘、三人で近所への挨拶を済ませる。

家に帰ると義母の気配がない。

家の中を探すと、彼女は床の間の部屋の壁に背中を貼り付けている。

どう見ても何かに怯えている、そんな風だ。

義母は突然その場に倒れた。

夫が駆け寄る。瞬間、義母はこの世のものとは思えない叫び声を上げて、彼に飛びかかった。引き剥がそうとするが猛烈な力で抱きついてくる。

何とか押さえ付けたとき、ふっと力が抜けた。

「あああ、止めとくれ、何をしているんだい」

正気に戻っていた。痛い痛いと繰り返す。今あったことを話すと、青ざめた顔でこんなことを口走った。

「あんたらが挨拶に行った後、床の間から声がした。保須美さんの声だった。入ってみたら誰もいない。おかしいと思って部屋から出ようとしたら——」

何かを見たのだという。

だが、その見たものに関して、覚えていないと義母は固く口を閉ざした。

やはりこの家はおかしい。出て行きたい。しかしそれを赦さない事情は知っている。とにかく御祓いさえすれば……夫と二人、それを呪文のように唱えた。

その晩は、全員同じ部屋で身を寄せ合って眠った。なかなか寝付けなかった。

「……おい……おい、起きろ、保須美……起きろ」

いつの間にか眠りに落ちていたらしい。目を開けると夫と義母、娘が自分の顔を覗き込んでいる。何処か表情に怯えがあった。

一体どうしたのだろうか。動こうとしたとき、全身に痛みが走る。まるで筋肉痛のようだ。起き上がれない。加えて顔や腕がひりひりする。

「お前、突然暴れたんだよ」紙のような顔色をした夫が囁いた。

夜中、保須美さんは布団から飛び起きた。そしてひとしきり大騒ぎし、自分の顔や腕を引っ掻いたのだという。午前三時くらいだった。

彼女は同時に〈厭だ、汚い、気持ち悪い〉〈絞り出したい〉など口走っていたらしい。

立て続けに起こるおかしなことに、家族は疲弊の色を隠せなくなっていた。

たった二日のことである。誰しもこの家を出たい。当たり前だ。

お金さえあれば、きっとすぐに引き払っただろう。それが赦されない状況だからこそ、打つ手がなかったに過ぎない。

月曜日となった。

夫は仕事。子供は学校。自分はパートへ出、義母は家に残った。

夕方帰宅すると、義母と子供の様子がおかしい。

訳を訊くと二階からおかしな物音と声がすると怯えている。昼間もいろいろとおかしなことがあったようだ。

耳を澄ますが、二階からは何も聞こえない。直に確かめたが、何もない。

「なんだ。うん、何もないよね……」

電灯を消し、部屋を出る。

〈おうイ〉

後ろから声を掛けられた。低く歪み、性別年齢の想像が付かない。ぞんざいな口調だ。

咄嗟に振り返る。

部屋の中央、畳の上に何かが盛り上がっていた、が、それはすぐに消えた。

一瞬だったが、女の顔に見えた。

青白く、不健康そうな顔だった。

保須美さんは転げ落ちるように階段を駆け下りた。そして、娘達と抱き合い、震えることしか出来なかった。

二階は絶対に使わないことに決める。何か用事があるときは昼間のみ出入りした。

もう御祓いなど効き目がないとしか思えなくなっている。

「何時か引っ越しをする。絶対にする。お金が貯まるまで我慢だ」

それだけを心の支えに、登栄家は頑張った。

だが、まるでそれを嘲笑うようなことが立て続けに起こった。

青白い女の顔が欄間や壁に浮き出す。

二階から人の囁き声が聞こえる。

窓が勝手に割れる。他にも小さな異変が多数起きた。

気のせいだと言い切れない様なことばかりだ。

そして住み始めて一ヶ月が過ぎた頃、裏の低い崖から娘が転落、足を折った。巫山戯ていたわけではない。学校から帰り、玄関を開ける直前だった。上の休耕田から呼ぶ声がした。母親のような気がしたので、ぐるり迂回して上に上る。誰も居ない。しかし崖の向こう側に頭が見えた。ああ、そこから飛び降りたのか。小走りに近づいた瞬間、足を踏み外し下へ落ちた。着地が出来ず、骨折したのだ。そして、崖下には誰も居なかった。

後に続くように義母は足腰が衰え、塞ぎ込むことが多くなった。

旦那は痩せ、床に伏せることが増えた。保須美さんも偏頭痛、生理不順などの体調不良に悩まされたという。

「やっぱり一度御祓いを受けよう」

夫の進言で神主を呼んだ。

だが、最初の神主は家の門前で転び、足を挫いた。

次の神主は邸内に入った途端、貧血で倒れた。

次は祝詞を上げる途中で血を吐いた。

誰もまともに祓えなかった。そして、異変は起こり続けた。


住宅購入から半年経たない頃、土曜の昼間だった。

家族全員揃って食事をしていると、呼び鈴が鳴る。

保須美さんが出ると、温和そうな小母さんと子供が立っていた。

四十歳くらいの女性はグレーのツーピース姿だ。

子供は女の子で小学生くらいだろうか。娘より幼い感じを受ける。

「この家、何かあるでしょ？」

小母さんは開口一番こんなことを口走る。

変な宗教の勧誘だろうか。神社やお寺さんならよいが、流石に避けたい。しらばっくれるが、その女性は頑として引かない。

それぱかりか次から次にこの家であった〈おかしなこと〉を言い当てた。

その内容に思わず頷く。

「そうね。だってこの家、黒い渦に巻き込まれているもの」

一体それはどういう事なのか。更に詳しい話を聞き出そうと幾つか疑問を投げかけた。

小母さんは少し困った顔で首を振る。

「でも、あたしでもちょっと無理なのね。だから」

おばさんはメモ帳にさらさらと何かを書き付けた。

「この通りにしてみて。一応は誤魔化せるはず。七年経った頃にまた来るから。そのときは何とかしてあげる。多分大丈夫だと思うけど」

メモを渡すと、彼女はそのまま立ち去っていった。子供は黙って後を付いていった。

「何だ、あの小母さん」

後ろで見ていたのか、旦那が訝しげな声を出す。変な人と子供だったよね、そう返すと逆に首を傾げる。

「子供なんていなかったぞ？」

「嘘？　だっていたじゃない」

押し問答しながら、メモに目を落とした。箇条書きが残されている。

・家の東西南北に、五寸釘を埋めること。方角は正確に。
・庭の南側、柿の木の根元を掘り返すこと。
・掘り返して出てきたものをひとまとめにして、もっと深く埋め直すこと。
・埋め直したら、上から包丁を刺しておくこと。
・包丁はちゃんとしたものを。ステンレスやセラミックではないもの。
・完全に埋め戻したら、お風呂を沸かして家族全員で上から踏むこと。
・踏み終えたら、お風呂を沸かして入ること。入り終えたお湯はすぐに棄てること。
・目も洗い、うがいもすること。
・五寸釘と柿の木の根元のものは、掘り起こさないこと。

「訳が分からない……」

　保須美さんと夫は疑いの眼差しでメモを見つめた。

　インチキ宗教の手口だ。憮然とした態度を取っていると、義母が割って入ってくる。

「やろう。やろうよ。この際だ。藁にも縋ろうよ」

　あまりの剣幕に、従う他なかった。

五寸釘を埋めた途端、家の周りに風が吹き始めた。が、庭まで入ってこない。どうどうと風が周囲の木々を揺らすのだが、庭の中は無風状態だ。

前の持ち主が残していった柿の木の根元を掘ると、古い陶器の破片と、爬虫類か小動物らしき頭の骨が大量に出てくる。

できるだけ掘り出し、深い穴にして埋め戻す。包丁を刺し込み、家族全員で踏んだ。

風呂に入り、うがいを済ますと、何故か清々しい気分になる。

この日から怪しい出来事はぱったりと止んだ。

家族全員当たり前の生活ができることを喜び、あの小母さんに感謝した。

あれから八年が経つ。

子供は進学で外に出た。その直後、義母は庭の柿の木で首を吊って死んだ。

あの小母さんは、まだ来ない。

機縁

大居氏は今年で四十歳になる。

働き盛りであるが、悩みも多い。やはりこのご時世、出る話は暗い話題ばかりだ。

彼の会社でも、賃金・ボーナスカットやリストラは当たり前のようである。

これだけ不景気だと、神仏に縋りたくもなるのが当たり前だろう。

「……でもなぁ。神頼みっていうのはさぁ。うーん」

表情が曇り、何かを言い淀んでいる。

「まあいいや。二年前かな。全部が全部、俺が体験した話じゃないんだけど……」

これから始めるのは、彼と、彼の知人の話である。

端緒

大居氏の会社は、所謂商社である。

その会社の同僚に、中井川という男がいた。中途入社で、ひとつだけ年上だった。

外見は程々、かつ人好きのする性格であり、更に凝り性で博学。話題にも事欠かない。

営業はこの男の天職と言えるだろう。

この彼と大居氏は何かとウマがあった。

だからプライベートでも付き合いが深く、呑みやゴルフなどよく一緒に出かけたという。

そんな中井川は三十五歳で離婚をした。

相手の言い分を全て飲み、多額の慰謝料を払ったようだった。

幸いというべきか、子供がいないおかげで月々の養育費を払うことはなかった。

「おい、大居君。引っ越してからうちに来てないだろう？　今度飲みに来いよ」

中井川からこんな誘いを受けた。

慰謝料に充てる為、持ち家を売ったと聞く。それで今の彼は借家暮らしだと聞いていた。

ひとりはやはり寂しいのだろう。誘いを受け、土曜の夕方に家を訪ねた。

一見して驚いた。とんでもなく古い家だったからだ。

木造、平屋建てであるが築何年であるかすら分からない。外壁は煤けたように黒かった。

「入れよ。まあ遠慮は要らないよ。俺だけだからな」

誘われるままに玄関に入る。何かがしっくりこない。一体何だろうか。考えながら靴を脱いでいるとき、はたと思い当たった。

玄関のドアが外開きではないのだ。

出入りに不便な内開きになっている。狭い玄関で靴を脱ぐとき、このドアが邪魔になる。少し動くと尻や腰にノブが当たった。また脱いだ靴を隅へ置かないと戸の角にぶつかる。

薄暗い廊下を進むと一歩ごとに板が軋み、足が少し沈む。踏み抜きそうで怖い。

恐る恐る歩みを進めていると、彼がここが居間だと指さす。

どこにでもあるような和室であるが、調度品がほんの少しそぐわないように感じた。どれも大きい。多分、前の家からそのまま持ってきたのだろう。

「一応、家ン中を案内するよ」

改めて彼が部屋の紹介を始める。玄関から続くあまり長くない廊下を進むとまず左手にさっきの居間。右手側に風呂と脱衣所がある。その隣が便所になっていた。廊下の奥は突き当たりになっており、右手側が寝室、その向かい側にもうひとつ和室があるらしい。

布団を敷きっぱなしの寝室に入ったとき、身体が震えた。気温が大きく下がったようだ。

何故だろうと考えるうち、ひとつの理由に行き当たった。

「おい、この部屋、窓がないんだな。陽が入らないから寒いだろ」

構造から推し量ってみると、窓が切ってあるべき場所が壁になっている。

「そうなんだよ。何か俺が入るずっと前にリフォームしたらしいんだけどな」

言われてみると、外装と比べて壁が新しい。ベニヤ板のようなものを張り直している。

これは、寝室の向かいにある和室も同様だった。こちらにも窓がひとつもなかった。

畳の縁よりも少し飛び出しているところから見て、内側から施工したのだろう。

加えて和室の出入り口は襖ではなく洋風のドアだった。なんともおかしな造りの家だ。

「不便だろう」

「いや、安いからな。ここに決めざるを得なかったんだよ。ほら、今、金ないし」

彼はおどけた表情を浮かべた。

新居案内が一段落して、二人は居間に腰を落ち着けた。

隙間風に首をすくめる。秋も深まっているせいだ。襖とカーテンを全て閉めてもらった。

暖を取ろうと、燗を付けた酒を呑み始めた。

「大変だったな、今回のこと。大丈夫か?」

「いや。そんなことはない。今はひとりで悠々自適だよ」

笑顔で答える。この話題はここで終え、互いの話や趣味の話になった。
いつしか、テレビが深夜台のニュースを始めている。
そろそろお暇しなくてはならない。腰を浮かしかけたとき、近くで何かが聞こえた。
板を踏むような、そしてその後置いた足の裏をわざと擦るような感じだ。
とたとた、ずー……とたとた、ずー……同じテンポ、同じパターンを繰り返す。
音は廊下の奥から聞こえてくるようだった。
「おい、何だ？　この音」
中井川がさも当たり前のように答えた。
「ん？　家鳴りだろ。古い家だし、寒くなってきたからな」
しかし、音は確実に移動をし、何かの意図を感じさせる。
廊下の突き当たり方向から玄関に向けて、着実に歩みを進めているようだ。
足音が玄関に辿り着いた。狭い家であるから、さほど時間は掛かっていない。
ごくりと生唾を飲んだ、そのときだった。
突如大きな音が玄関で鳴り渡った。両掌でドアを二度叩いた、そんな音だった。
思わず小さく飛び上がった。振り返ると、中井川はこちらを見て笑みを浮かべている。
とた、とた、ずー、とた、とた、ずー……。

また先ほどと同じ足音が戻って来た。廊下の様子を覗き見ようと腰を上げた。

「おい、やめとけ、やめとけ。見るだけ損だぞ」

中井川が引き留める。口調と違い、顔から笑いは消えていた。


足音が止むのを待ってから、彼の家を辞した。

玄関に向かうとき、改めて気が付く。歩みに合わせて廊下の板がミシミシ軋み、撓み、割れそうになる。

（……さっきの足音、ミシリとも言わなかったな）

普通の足音と、足裏を擦る音しかしていない。

背中に冷たいものが走る。早く外に出ようと靴を確かめた。

揃えておいたはずの靴が、玄関の四方八方に散らばっていた。

行動

家に遊びに行って数か月後だ。

中井川の営業成績が落ちてきた。

張り出されたグラフは緩やかなものではなく、かなり急な下降線を辿っている。

「こんなこともあるさ」

本人は至って平気な顔をしている。が、顔色そのものはあまり良くない。血の気が引いているというのか、どこか灰色がかって見えるほどだ。

(もしかしたら、あの家に潜む何かのせいなのではないだろうか)

あの〈足音〉を聞いて以来、彼の家を訪ねていない。誘われても、理由を付けて断った。外に遊びに行くときだけ付き合うことにしていた。

はっきり言って、あの家に行くことが怖かったからだ。

「あの家、何かあるんだろう？　大丈夫なのか？　引っ越すか御祓いとか考えたら……」

心配するも、彼は冷静な態度を崩さない。

「いや。何もないさ。大体引っ越す金もないって。分かるだろ？」

何もないことはない。あの音を聞いたのは確かだ。金がないと言うが、手段はある。それなりの対策をしないとマズいぞと忠告する。

「いや、本当に大丈夫だって」

　明らかな不満が顔に浮かぶ。少々気分を害してしまったようだ。

　以来、この話はなかなか切り出せなくなってしまった。


　決算が終わり、社内が落ち着いてきた頃だった。

「おい……あのな。ちょっと訊いていいか」

　中井川が話しかけてきた。顔色は変わらず悪く、少々頬が痩けてきている。

　一体何事かと聞き返すと、彼は少しだけ言い淀んだ。

「うん。いや。すまん。実はな」

　実は、あの借家でおかしなことが続いていると彼はついに吐露した。

　足音と玄関ドアを叩く音だけではなかったようだ。

　明らかな人の気配や咳、また、電気系統の不具合が頻発していた。それどころか、寝室に割り当てた部屋で、得体の知れない〈何か〉を感じたとまで言う。

「寝てるとな、何かが覗き込んでいるような気がするんだ。目を開けると何もいない。電灯を点けても当然何も見えない。しかし、確実にいるんだ。何故なら」

覗かれていると感じたとき、頭側、枕元の畳がぐいっと沈み込むからだ。

あり得ない。こんな現象はフィクションでしかないはずだ。そう思い込んで、ずっと我慢をしてきたらしい。

だが、もう限界なんだ、そう彼は大きく分かり易いため息をついた。

「だから、何か良い方法がないかと思って。引っ越しは無理だけどな」

それならひとつしかない。

御祓いだろう。

「神社か寺を手配して、早急に対応すべきだよ」

中井川は無言で頷いた。

翌週、彼は明るい顔でやって来た。

「御祓い、済んだよ。いやあ、意外と簡単なものなんだな」

適当な寺に頼んで御祓いをして貰ったところ、足音も何もかもなくなったと喜んでいる。

「それは良かったなぁ」

近いうちに、再び彼の家で呑む約束を交わした。

疑念

御祓いが終わってから、二ヶ月ほど過ぎた頃だろうか。

土曜の夕方、中井川の家を訪ね、二人で酒を呑み始めた。

確かに怪しいことは何ひとつ起こらない。そのことに関して話を振ってみる。

「いや、本当に御祓いというのは凄いものだな」

彼が嬉々として話し始めた。

生まれてからずっとそういった〈目に見えないもの〉は何ひとつ信じていなかった。だが、実際そんな目に遭い、また祓われるのを目の当たりにしてからは、認識が変わった。

「目に見えないものは確かに存在するし、また、我々の近くにあるんだな」

あれ以来、このような出来事に興味を持ってしまったらしい。

家の本棚にはそういったジャンルの本が大量に並んでいた。

最近は休みになると方々に出かけては知識を深めているようだ。

「ほら、これ見てくれよ」

一枚の名刺だった。名前の他には携帯の番号とアドレスくらいしか刷られていない。

そしてその名前自体に特徴はなく、どこにでもあるようなものだった。

「この人、霊能力者なんだよ」
胡散臭いなと鼻で笑うと、彼は必死になって言い返してきた。
否定論者だった反動なのか、今はすっかり肯定する側になっているようだ。
言い争うのも良くないだろうと適当に話を合わせた。それから三時間、帰るまでずっと
この霊能者——中井川はセンセイと呼んでいた——を賛美する話が続いた。
この日を境に、中井川の様子が目に見えておかしくなり始めた。
身に付けるものや行動が、これまでにないほど様変わりしたのだ。
これまでの快活さや人好きのする表情は消え、どこか歪さを漂わせ始めている。
「いや、それはセンセイから赦されていないから、できないんだよ」
何をするにも〈センセイの指導だから〉と前置きをする。
社内でも彼の存在が浮き始めたのは否めない。
どんな理由でリストラされるか分からないご時世だ。早いうちに修正しておかないと、
中井川の人生が台無しになってしまう。
金曜の夜、大居氏は彼の家を訪ねた。家の中もすっかり様相が一変していた。
テレビなどの調度品がなくなっており、部屋の中は殺風景極まりない。
どうしたのかと訊ねると、彼はにこやかに答えた。

「リサイクル店に売った。猥雑な世の中の出来事から、身を守るためだ」

テレビや他の娯楽品は全てなくさなければいけないと、例の霊能者に指導されていた。

個人の趣味には口を出すのは野暮だと理解している。とはいえ、せめて会社関係の人付き合いのときは、センセイ礼賛的な行動を取らないようにとやんわり諭した。

だが、聞く耳を持って貰えなかった。

中井川を心配する余り、一度その〈センセイ〉に合わせてくれ、俺から話をしてみるから、そういう意味のことを大居さんは切り出す。

その一言がいけなかったのだろう。

「煩い！　お前に何がわかる！　センセイを馬鹿にするのか!?」

彼は烈火の如く怒り狂い、激しい言葉でこちらに詰め寄ってきた。

売り言葉に買い言葉だ。詰るような口ぶりに、つい強い言葉で言い返してしまった。

「帰れ！」

中井川のその一言で、我に返った。慌てて取り繕うも、取り付く島もない。

仕方なく軋む廊下を伝い、玄関に向かった。彼は居間に入ったまま、見送りにも来ない。

当然だと落ち込みながら靴を履いた、そのときだった。

「ぐぅッ、ぐアッ……」

居間から何かを絞め殺すような声が聞こえてきた。

慌てて靴を脱ぎ、襖を開け放ったままの部屋に飛び込む。

何が起こっているのか、すぐに理解できなかった。

中井川が、自らの手で、自らの首を絞めていた。

顔は赤を通り越して、紫に変わりかけている。

慌てて手を引き剥がそうとするのだが、上手く外せない。凄い力だ。身体に足を掛けて、全力で腕を引っ張っても、全くびくともしない。

「……ぷわ」

突如、首を絞める腕から力が抜けた。反動で尻餅をつく。

身体を起こす前に、彼が馬乗りになってきた。

殴られるのか。そう身構えたものの、何もしてこない。

様子を窺うと、彼は呆けたような顔をしていた。

口をぱくぱくさせ、虚ろな目をしてどこかに見入っている。

視線が向かう先、そこは倒れた自分の頭側——廊下だった。

とた、とた、ずー……。とた、とた、ずー……。

いつから発されていたのだろう。あの足音が、頭のほうから聞こえる。

一歩一歩ゆっくりと歩みを進めては、摺り足を繰り返している。

襖が閉まっていないせいか、前に聞いたときよりも明瞭に耳へ入って来た。

「あー。あー。あー。あー」

無邪気な赤ん坊のような声を上げ、中井川が立ち上がった。

身を起こし、確かめるべきだろうか。それか、視線を上げるか首を捻るだけでもいい。

廊下側が視界に入ってくるはずだ。だが、そのどちらも躊躇われた。

突っ立ったままの中井川の顔をじっと見詰めることしかできない。

彼の顔が、大居氏から見て右から左に向かってゆっくりと動いていた。多分、廊下を渡る〈モノ〉を眺めているに違いない。

余計に確かめられなくなる。きっと、そこに〈何か〉がいるのだ。

足音は玄関に向かって徐々に遠ざかっていった。

――ばんばん!

激しくドアを叩く破裂音がし、一呼吸間を置いてからまた足音が戻ってくる。

とた、とた、ずー……。とた、とた、ずー……とた。

中井川の視線と足音が、同時に止まった。今の入口の所だ。

少し顔を上げれば、自分にも廊下側を確かめることはできる。

だが、やはり出来ない。

きっと視界の外側に何かがいる。だからこそ、見ない。見られない。

中井川は満面に笑みを湛えたまま、立ち上がると廊下へ出て行く。

そして、足音が動き出す。

とた、とた、ずー……。とた、とた、ずー……。

みしりみしりと廊下を踏む彼の足音と共に、奥へ遠ざかっていく。

二つの足音が同時に止んだ。

意を決して廊下に出る。

暗がりの中、中井川が奥の突き当たりに向かって、じっと立ち尽くしていた。

近付こうと、その背中へ向けおずおずと足を踏み出した瞬間だ。

奥の部屋、寝室側から生木を裂くような音が轟いた。続いて、激しい家鳴りが響き渡る。

家全体が揺らぐような酷いものだった。

薄情だが、もうこの家には居られない。

声も掛けずに、大居氏は逃げ出した。

隔意

それから、大居氏は中井川との付き合いを控えるようになった。

社内で顔を合わせても、適当な理由を付けてすぐに話を切り上げる。避けられているのを感じ取ったのか、彼もこちらと距離を置き始めた。

この頃から、中井川は無断欠勤を頻繁に繰り返すようになった。

「おい、中井川さん、馘になるらしいぜ」

同僚が耳打ちしてきた。

営業の成績不振。無断欠勤。当然と言えば当然だろう。使えない者を置くほど、会社に余裕はない。

Xデーはすぐに来た。

ひと月を待たずに、中井川は解雇された。

「ああ、久しぶりだな。三ヶ月振りか」

金曜日。たまたま早く家に帰ると、門の前に中井川が待ち伏せのように立っていた。

少し痩せたものの明るい顔になり、以前の彼に戻ったようだ。彼が会社を馘になる前後の件で後ろめたさもあったが、家の中に招き入れた。

家人に酒を用意させながら、近況を訊ねる。

「うん。まあ辞めてからというもの、いろいろあったけどね。とりあえず前向きになろうかと思って、生活を改めてみたりしていたんだ」

例の胡散臭いものとは手を切った様子だ。すっかり元に戻っている。

今はアルバイトをしながら、新しい職を探しているのだと笑った。

「で、どんな仕事を探しているんだ？　バイトって？」

そうだな、と彼は訥々と答えた。

「自分の資格を活かした仕事を考えている。幾つか良さそうなところがあったから、今度面接なんだよ。まあバイトじゃ喰っていけないしな。あれは修行だし」

彼のバイトは、件の霊能者のアシスタント兼弟子だった。

客あしらいや事務処理をこなしながら、空き時間に指導をしてもらっているらしい。

収入は雀の涙ほどで、家賃と光熱費を払ったら殆ど残らない。貯金もないので、食べるのは師匠の家で出される昼食だけということだった。

話を聞けば聞くほど相手の霊能者の胡散臭さが浮き彫りになっていく。怪しい新興宗教を個人でやっているような人間だ。

新しい昼間の仕事に就いたらどうかと、苦々さを噛み潰しながら、大居氏はやっとそれだけ口にした。霊能者と多少は縁が切れるだろう、そういう意味を込めて。

中井川は笑って答えた。

「まあな。職に就いたら夜が修行になるだろうし、謝礼金も包まないといけないけど」

不自然なほど幸福そうな笑顔だった。

「……ねぇ、あなた。これ」

彼が帰った後、妻が訝しげな声でソファを指さした。

背もたれと座面がずたずたに切り裂かれている。調べてみると、表面だけを鋭い刃物で斬りつけた風に見えた。

中井川が座っていたソファだった。

彼は一度も席を外していない。こういったことを行った様子は微塵もなかったはずだ。しかし、確かにダメージが残っている。

彼を問い詰めるのは簡単だが、したくない。というよりも、もうここらで縁を切りたかった。だから、このまま連絡を取らないと決めた。

その夜、居間でウイスキーを呑みながら、録画したゴルフ番組を眺めていた。

時計を見ると、十二時近い。

視界の端に嫌でも切り裂かれたソファが入ってくる。

うんざりしながらグラスを干した。

〈……とた、とた、ずー……。とた、とた、ずー……〉

不意に、あの足音が聞こえた。中井川の家で聞いた、あの音だ。

廊下側から。幽かな音ではなく、はっきりと聞こえている。

グラスを握りしめたまま固まった。

何の前触れもなくテレビの電源が微音を立てて落ちる。

思わず音のするほうに顔を向けた。

廊下側のドアは、全面が四つに区切られた窓で構成されていた。それぞれに磨り硝子が填められたデザインである。

足音は、そのドアの前で止まった。

硝子を透かして、何かが見える。暗い廊下、確実に何かが居る。

大きさは、多分自分よりも小さい。全体が灰色というのか、澱んだ色だ。

見たくない。これが何であるかを、はっきりと知りたくない。視点をわざとぼかす。

視線を外せば早いのだが、どうしてもできない。目の届く範囲から外すことすら、途轍もなく不安であるからだ。

〈とた、とた、ずー……。とた、とた、ずー……〉

足音が動き始める。磨り硝子の向こうの何かも、それに合わせて消えていく。

音が玄関へ向け遠ざかった。

玄関ドアの鍵が開く硬質な音が聞こえる。

そして、全ての音は消えた。

入れ代わるように家人が起き出す気配がした。

「んー。どうしたの？　鍵開けて。どこかに出るの？」

彼女は寝室になっている隣の部屋から顔を出す。それに曖昧な相槌を打ち、廊下に出た。

電灯を点け確かめるが、足音の痕跡は何ひとつない。

ただ――閉めておいたはずの玄関の鍵が、完全に開かれていた。

そして、揃えておいたはずの靴が四方八方に散らばり、乱れていた。

忌避

大居氏は玄関に盛り塩をし、神社から札を貰ってきた。

廊下にはほんの少しだが塩を撒いておいた。家人が文句を言ったが構わない。

そのおかげか、それからは何も起こらなかった。

ひと月ほど経った頃だろうか。

土曜の昼間、また中井川が訪ねてきた。

どこかスーツを上手く着こなせていない印象がある。以前はあれだけ毎日来ていたものなのに、どうか借り物の衣装のような雰囲気がある。

「よお」

気易い雰囲気で声を掛けてきた。しかし、もう家に上げるつもりはない。それどころか付き合い全てを断ちたかった。

「すまん。もう来ないでくれるか？」

はっきりと伝え、玄関から押し出した。彼は意外そうな顔を浮かべた。

「何でだよ？　俺とお前の仲じゃないか」

馴れ馴れしい口調と、態度が気持ち悪かった。

いいからもう来ないでくれと厳しく言い渡し、ドアを閉めた。

が、上手く閉まらない。中井川が足を差し込んでいた。

「何でだよ？　俺のこと、嫌いになったのかよ」

ドアの隙間へ顔を差し込んでくる。まるで男女の愁嘆場だ。

押し問答をしていると、騒ぎを聞きつけたのか奥から家人が出てきた。

「どうしたの……？」

「いや、こいつがさ」

渋い顔で家人に訴える。

「え？　誰もいないわよ」

振り返ると、ドアの隙間から中井川の顔が消えていた。

急に抵抗をなくしたドアが、激しく音を立てて閉まった。

確かに中井川はいた。

そして、ドアの押し合い、引っ張り合いをしていたはずだ。

慌てて外に飛び出した。誰もいなかった。

一体、何だったんだ。門の中に入るなり、後ろから声が聞こえた。

「……俺ン家で、待っているから」

中井川の声だった。

振り返ると、門扉の向こうから首だけ出して、笑顔を向けている。

「俺は行かないぞ！」

斬って捨てるように言い放つ。彼は今にも泣き出しそうな顔をした。

「いいから、一度来てくれよ。俺を助けると思って」

幾ら断っても帰る素振りを見せない。いつまでも押し問答が続く。

根負けし、渋々承知する。彼はさも嬉しそうな笑顔を浮かべた。

「明日、俺の家で待っている。午前中が良いな。早いうち。朝八時に来てくれ」

それだけ言うと、中井川は首を引っ込めた。

後を追いかけるが、どこで曲がったのすでにか彼の姿は消えていた。

慚愧

（もうこれで終わりだ。二度と関わらない）

翌日の朝、大居氏は決意と共に中井川の家へ向かっていた。

約束を反故にしても良いと一度は思った。だが、行かなければ彼は何度も訪ねてくるような予感があった。

中井川の家は、以前のままだった。

ドアを叩くと中から返事が返ってくる。

「入ってくれ」

彼はスーツ姿だった。無精髭一本なく、髪はぴっちり整えられている。

玄関に入るが、やはり内開きのドアは邪魔でしかなかった。

テーブルを挟んで、彼と向かい合う。出された茶にも手を付けず、切り出した。

「助けてくれ、って何だ？」

「その件なんだが」

彼は顔色ひとつ変えずに、一枚の紙を取り出した。

黒いボールペンで描かれていたのは、簡略化された家の見取り図だった。

所々にサインペンや赤いボールペンで矢印や注釈らしきものが入っている。

「これ、この家の見取り図なんだ」

頭の中で想像する。確かにそのようだ。手に取ってじっくり目を通す。

一番奥の寝室と向かいの和室、そして廊下と玄関に矢印や文字が集中している。

〈ここ〉

〈この方向がダメだ〉

〈ドアの取り付け〉

〈廊下突き当たり、二部屋に問題〉

そして、何を表しているのか不明な文字や文様があった。専門用語っぽい部分もある。が、それよりも目立つものが描かれている。

突き当たりにある寝室と向かいの和室の中央。

そこに簡素化され描かれた人間——所謂棒人間があった。

それは赤いボールペンで印されており、どちらも同じ方向に頭を向けている。添えられた東西南北を示す十字から見て、頭は北側にあった。

「一体、これは何なんだ？」

「センセイが家相を見てくれたんだ。最近の俺が全く駄目な理由は家にあるって。でも引っ越しはできない。それにリフォームもできないだろう」

だから、別の方法を教えてもらったんだと、中井川は微笑んだ。

またセンセイ。結局センセイの言いつけか。呆れてしまう。

「その方法をやるには、俺ひとりじゃ無理なんだよ。だから、な。これが最後だから」

中井川は大居氏に頭を下げた。

何故か落ち着かない気分に陥る。さっさと終わらせようと、話の続きを促した。

方法は至って簡単だった。

「あと少ししたら九時になる。そしたらお前は和室に入ってくれ。三時間、昼十二時までずっとそこに居てくれたらいい。座っても寝転がっても、何なら眠ってもいい」

何もしなくていいのか、と訊く。何もしなくて良いのだ、と返ってきた。

九時になる数分前、和室に入った。中井川が寝室に入った気配がした。

窓がなく、蛍光灯を点けないと暗い。古ぼけた畳は毛羽立っており、足を運ぶごとに撓む。座り込んで部屋を見回すが、家具もなく殺風景だ。湿気のせいか、どことなく黴臭い。

ふと、あの出来事を思い出し、ぶるりと身が震えた。

(大丈夫だ。大丈夫。今は朝だ。何もない。何も起こらない)

胡座を掻いたまま、じっと壁を見詰めた。

――どれくらい経ったんだろうか。

何もしない上、窓もない部屋なので時間の感覚が失せる。腕時計で確かめると、漸く四十分ほど過ぎたところだった。

寝室からは中井川の声と気配、何かをしている様子が伝わってくる。声は何となくお経のように聞こえた。

しかしこちらは何もやることがない。思わず欠伸が漏れる。

メールのチェックでもと、携帯を取り出した。

何故か、電源が落ちていた。

再び立ち上げようと電源ボタンを探ったとき、何か異音が耳に届いた。

目の前の壁からだ。擦過音、だろうか。

何らかの生き物が身体を擦りつけている、もしくは掌を擦りつけているような音だった。

心拍数が上がる。音の出所とおぼしき場所に目を遣る。ベニヤの壁が僅かに撓んでいた。

擦りつける音が動いた。向かって右だ。音が移動するとそれに伴い板が震える。

音が止まった場所の壁板が薄く凹んだ。音と振動はゆっくりとだが、縦横無尽に動き回っているようだった。

そして、気付いた。

畳が撓んでいる。それは音が聞こえる場所に同調するかのように動いていた。

――見えざるモノが、部屋の中、壁伝いに動き回っている。

そんなイメージが脳裏に浮かんだ。急に冷静さを取り戻す。

（オレハ、ナニヲ、シテ、イルンダ……出よう。出よう、出よう！）

腰を上げたと同時に明かりが落ちた。

手に持ったままだった携帯が激しく震える。開けたままの液晶がぼんやりと部屋の中を照らし出す。

壁際に、何かが居た。

大きさは自分より少し小さいか。細かいディテールまで判別できない。否。見たくない。

多分、人だろう。そんな形をしている。

そいつがこちらを見ている。確実に。圧迫感で身体が潰れそうになる。

振動が止み、液晶の光が乏しくなった。壁際の何かがこちらに向かってくる。

無我夢中で、出入り口のドアを探した。

誰かが肩をぎゅっと掴んだ。強い力だった。振り払うように暴れる。

ノブを見つけた。転げるように和室を飛び出し、そのまま玄関に走る。

短いはずの廊下が、長く長く感じた。

ろくに靴も履かないまま、ドアを掴む。内開きのため、スムーズに出られない。それでも何とか家の外に逃げ出せた。

燦々と照る太陽の下、息せき切って走り続ける。

コンビニまで来ると、何とか落ち着きを取り戻すことができた。

握りしめたままの携帯を見ると、また電源が落ちている。立ち上げると、家人からのメールが何件も入っていた。

『お父さんとお母さんが事故に』

家人の父母が自動車事故に巻き込まれていた。命だけは無事だった。

受信時間は大井川の和室に籠もっていたときであった。


それから数日の間、肩が上がらなくなった。

何者かに掴まれた側だ。

無理に動かすと激痛が走る。鏡で見ると、赤紫に腫れ上がっているのだ。

(二度と、あの家には行かない)

彼はそう決めた。

結論

それから、中井川は姿を見せなかった。

当然こちらから連絡を取ることも止めていた。

あの出来事は誰にも話さずにいた。いや、話せなかった。そしてそのまま大居氏の心の中にそっとしまい込まれた。


それから半年が過ぎた。

ある雨の降る夜だ。

接待の最中、二次会に移動するため信号待ちをしているときに、彼は見た。

歓楽街を歩く中井川の姿を。

ダークカラーのスーツ姿だった。

彼は傘も差さず背を丸め、雨に濡れていた。

傘を差した二人の男が両脇を固め、彼を引っ張るようにして歩いている。

どちらかというと、どこかへ連行されている。そんな空気を醸しだしていた。

どうしても彼の歩き方に目が奪われる。

数歩歩くと、右足を引き摺るようにしている。足が悪くなったのか。しかしその割にはしっかりとした足取りだ。わざとやっているようにも見えた。

中井川が顔を上げる。

こちらに気付いた。青白い顔で怨みがましい視線を投げている。

それに釣られたのか、両隣の二人もこちらを向いた。傘に隠れて顔は見えなかったが、どこか尋常ではない空気を纏っている。真っ当な仕事に就いた人間の雰囲気ではなかった。

信号が変わった。逃げるようにその場を後にした。

二次会のバーでウイスキーを何杯も飲んだが、酔えなかった。


大居氏は言う。

——多分、中井川はセンセイというおかしな人間に捕まっておかしくなった。

それまで何も信じていなかった人間が、借りた家であのような体験をしてしまえばきっと物の捉え方が〈裏返って〉しまうだろう。

それが行き過ぎてしまった。

霊能者や神仏に頼み事をして物事全てが好転するのなら、誰だってそれに頼る。でも、拝んだりとか、宗教ってのはそんなものではないはずだ。

中井川は、そういったものに依存しすぎた。よくない傾向だ。信仰と依存は違うはずだ。またセンセイと呼ばれた霊能者自身を含め、何か質の悪い連中であり、中井川は騙されてしまったのではないだろうか。

もちろん心残りはある。中井川を助けられなかったことだ。

しかしどうしたらよかったのか今も分からない。


今も、大居氏は眠っているときにだけ、あの〈足音〉が聞こえることがあるという。

とた、とた、ずー。とた、とた、ずー……。

何歩か歩き、擦るように足を擦る。

どこか遠くから聞こえるそれは、自宅の廊下を玄関から行ったり来たりしているようだ。

極まれにしか聞こえない。多分気のせいだ。ああいう体験をしたから、トラウマ、もしくはそういう思いこみで聞こえる幻聴に過ぎないと自らに言い聞かせる。

ただ、ふと、あの雨の日の中井川の歩き方を思い出す。

もしかしたら、彼の足跡がやって来ているのかも知れない。

馬鹿げた考えだと分かっていても、つい思ってしまうことは今も止められない——。

仏飯

仏飯とは、仏壇に上げた御飯のことだ。
大抵〈仏飯器〉という足付きの杯のような形をした器に丸く盛り、仏前に供える。
この仏飯のお下がりを食べることで、力を得られるという話はよく聞くだろう。
例えば、河童と相撲を取る前に仏飯を食べておくと力が湧き、負けない――など。
仏様のお下がりであるからこその効能であろうか。

千里子さんも高校受験の朝、仏飯のお下がりを食べていったことがある。
「ほら、千里ちゃん、これ上がってお行き」
祖母が仏飯を差し出してきた。
供えたばかりでまだ硬くなっていない物であったし、あまり抵抗もなく口にする。
何だか、とても甘くて美味しかったことが印象に残った。
そして、試験が始まった。順調に進んでいく。これまでの勉強が役立っているようだ。
朝早めに起きて時間調整したせいか、集中力も十分、頭も冴えている。

試験が中頃まで進んだときだろうか。

マークシートを塗り潰している途中で、右耳に違和感を覚えた。

何か羽毛のような柔らかい物に触れられているような、くすぐったい感触だ。

手で触れてみようとするが、それらしき物はない。

しかし柔らかな感触は続く。ちらりと右に視線を走らせた。

何かほわりとした金色のものが視界に入った。が、逃げるように姿を引っ込める。

今のは何だろう。髪は金髪ではないし、アクセサリーを付けてもいない。もちろん周囲にそういった色はないはずだ。だから、視界に金色のものが入るはずはない。

また感触と共に視界の端に金色が割り込んでくる。

ちらちら視線を向けているうち、挙動不審な自分に気が付いた。

（まずい。カンニングと思われかねない）

マークシートの用紙に目を戻す。鉛筆を握り直したとき、右耳がほんわり温かくなった。

〈ああ、あかん。ちゃんと見直してや〉

男か女かわからない、優しげな声が囁かれた。

思わず顔を上げるが周りの様子は変わらない。ただの試験会場だ。回答に集中する。

〈あかん。見直せ。あかんで〉

またあの声がする。視界の右の方に金色の物がちらついていた。

少しだけ顔を上げるがそれが何かまで分からない。

おかしいことに変わりはないが、何となく信じられる声のような気がする。

問題とシートを見比べた。

思わず目を剥いた。解答する欄がひとつずつずれている。

全身から冷や汗が吹き出す。時間を確かめた。まだ大丈夫、リカバリーできる。慌てて回答をやり直していると、三度あの声が囁かれた。

〈よしや。がんばりぃ。ま、答えは自分でなぁ……〉

ボリュームが絞られるように声は消えていった。

それと共に右の視界にちらついていた金色と、温かさ、柔らかい感触も去っていった。

試験後、家に帰り祖母に報告する。

「ああ、それは良かった。仏さんのおかげだねぇ。どの仏さんか分からないけれども」

そう言って祖母は手を合わせて微笑んだ。

千里子さんの受験は成功し、春に女子高生となった。

これ以降、何か大一番がある日には仏飯を食べていくと、彼女は決めている。

まもり

尼崎さんの娘、まもりちゃんが四歳のときだった。

夕食後、大好きなアニメのＤＶＤを見ていた彼女がこちらを向き、ぽつりと漏らす。

「ママ、あのね。まもり、いなくなっちゃうから」

何を言っているのだろう。またいつもの空想話か。

適当に返事をしていると、まもりちゃんは頬を膨らませた。

「ママ、まもり、ほんとうにいなくなっちゃうから。しんけんにきいて」

苦笑しながら話に付き合う。まもりちゃんは右手で太腿をさするいつもの癖を見せながら、尼崎さんを見詰めた。

「あしたね、まもり、いなくなっちゃうから。だから、さいごね、あたしのこれ」

まもりちゃんは自分の柔らかな髪の毛を摘んだ。

「ママ、ずっともっていて。そしたら、まもり、ママとずっといっしょ」

はいはい――といい加減な返事を返すと、まもりちゃんはアニメに戻った。いつもと変わらない日常の風景だった。

だが、まもりちゃんは翌日亡くなった。

家の庭で転んでしまい、ブロックに後頭部をぶつけたことが死因だ。

ほんの僅かに目を離した瞬間の出来事だった。

通夜の席、現実感のない世界で、尼崎さんは思い出す。

〈まもり、いなくなっちゃうから〉〈あたしのこれ〉

あのとき、あの娘の言葉。

真剣に聞いていれば、もしかしたら娘は死ななかったのではないか。後悔という言葉では表せられない感情が彼女を苦しめる。

涙は一滴も出ず、ただ自分を責め続ける以外、何も出来なかった。


まもりちゃんが言い残したことを夫に話し、一束の髪の毛を残して貰った。

遺髪は白い紙に包まれ、お守り袋に納められた。

以来、ずっと肌身離さず持ち歩いている。

それからというもの、たまにまもりちゃんの声が聞こえることがあった。

〈ママ、だめよ、そっちは。こっち〉

声と共に、首に掛けた守り袋が軽く引っ張られる。

それでも進もうとすると、また同じ事が起きる。声の導く方向へ進むと、声は止み、守り袋が引っ張られることもなくなる。

そのまま進むと何があるのかは知らない。多分、きっと何か危険があるから警告してくれているのだろうと尼崎さんは考える。

それを裏付けようなことが一度だけあった。

〈ママ！〉

強い叫び声。同時に守り袋が真下に引っ張られた。

あまりの力に、思わずその場にしゃがみ込む。

目の前を白い営業車が掠めていった。

危なかったと思うのもつかの間、その営業車は突然蛇行し始め、ガードレールにぶつかった。それが居眠り運転だったと後から知った。

まもりが守ってくれている。確信と共に、涙が溢れて仕方がなかった。

それから尼崎さんは生きることに前向きになった。

そして、まもりちゃんの妹が生まれた。もうそれから三年が経つ。

実はこの子が生まれる前、まもりちゃんから喜びの声が届いた。

〈ママ、あたしのいもうとなんだね。うれしいなぁ……〉
生まれてくる子の性別どころか、妊娠すらわからない時期の出来事だった。
だが——。
ここ最近はまもりちゃんの声も少なくなった。守り袋が引っ張られることも減った。
この前のお盆、まもりちゃんが囁いた。
〈ママ。いもうとがあたしとおんなじとしになったら、あたしいなくなる〉
寂しそうでもあり、また、どこか決意めいたものも感じられる声だった。
あともう少し。
この言葉を信じれば、あと僅かでまもりちゃんはいなくなる。
それでもこれはずっと一緒なのだと、尼崎さんは守り袋を優しく握る。
まもりちゃんの妹が、隣でふんわりと笑っていた。

ぼろぼろ

真由子の携帯に実家から電話が入った。

『あんた、庭になんか埋めてたでしょ。取りに来なさい』

庭に木を植えようと穴を掘ったら出てきたのだと、母親は笑っていた。

よく晴れた休みの日に見に行くと、ぼろぼろのクッキー缶があった。白いテープか何かが貼り付けられており、そこにサインペンらしき文字が書かれている。辛うじて読めた。

タイムカプセル　けいこ　まゆこ　みか

思い出した。小学校のとき、仲の良かった三人で埋めたのだ。

今も親交のある美佳に連絡を取る。驚きながらも思い出してくれたようだ。今から家に来るという。一緒に開けようという趣向だ。

泥がまだ付いていたので、縁側の下、踏み石の上で開けることになった。

美佳と共に何重にも巻かれたガムテープを剥がし、蓋を開ける。

中には封筒に入れた手紙と玩具のアクセサリーなどが入っていた。封筒には当時人気のあったキャラクターが印刷されている。

「何年も前に入れたのに、中身は綺麗なもんなんだね」

懐かしみながら、それぞれの名前が入った封筒を開ける。

便箋を広げると、そこには将来の夢が書いてあった。

美佳は花屋さんで、自分は婦警だった。現実は二人ともＯＬだ。

二人顔を見合わせ、笑った。

残されたもうひとつの手紙。恵子の手紙を開けるか否か悩んだ。

恵子はもういない。ここには来られない。

死んだということではなく、消息不明なのだ。

高校を卒業する少し前、恵子一家は夜逃げ同然にこの街から姿を消した。父親が事業に失敗したのだと聞いている。

美佳が寂しそうな声で読もうと呟く。頷き返して、手紙を開いた。

「え、何で？」二人同時に声を上げた。

便箋の表面、折りたたまれた内側が茶色く変色している。陽に焼けたのとも違う、厭な色に変わっていた。質感も何となく悪くなっている。

自分たちの手紙と比べるまでもなく、ぼろぼろだ。
そして恵子の夢が書かれている場所が、黒いペンで執拗に塗り潰されていた。
あまりに真っ直ぐなその線は、定規を使っているものと思われた。
塗り潰された夢のすぐ真下に、黒いペンで文字が書き込まれている。

おちるところまで　おちる

右上がりだが、几帳面な男文字だった。
手が震える。手紙を落とさないようにするのが精一杯だ。
「誰かが書き直して、埋め戻した?」
声も震えている。だがそんなこと出来るはずもない。もう一度手紙に目を落とす。
〈ごめんね……〉
酒焼けしたような女の声が、何もないところから聞こえた。
手紙から顔を上げ、周りを見るが自分たち以外誰も居ない。
聞き覚えはないはずだ。
だが、知っている声に——あの友達の声に思えて仕方がなかった。

四十六

真希子さんは、今年四十六になる。

自立した大人、そんな印象の女性だ。しかしよく笑う。ころころと笑う。

取材と称したいつもの雑談の最中、ふと今書いている原稿の話になった。どういった方向性の企画で書いているか、また、どういう話を書いているか。

いつもと同じ楽しいノリで話をしていると、彼女がまた笑う。

「ふふ。あー、でも。あなたが聞きたいような話、私にはあんまりないのよね」

こちらに苦笑いを向ける。

あんまりってことは、ちょっとくらいならあるのだろうか?

「うーん。凄いことが常にある、ってことじゃないけど、少しだったら」

真希子さんの話に、耳を傾けた。

六歳

真希子さんは海沿いの町に生まれた。

漁業と農業が主な産業の町だ。父と母は農業を営んでいた。姉とは少しだけ歳が離れていたことと、身体があまり丈夫ではなかったことから、彼女は甘やかされて育てられた。

そんな彼女が小学校に入る直前だった。

小雨の降る午後、誰もいない家の縁側でひとり、おままごとをしていた。

「おーい、おるかーい?」

玄関で誰かが呼ぶ。おばさんのようなちょっと嗄れた声だ。

「あーい、だれですかー?」

いつものように答える。すると大体の人は勝手に戸を開き顔を出すか、上がり込んでくる。田舎ならではの振る舞いだろう。

だが、今日の訪問者はそのような素振りを見せない。

「おーい、おるかーい?」

ただ繰り返す。何度返事をしても変わらない。仕方なく玄関に出ようと立ち上がった。

「おーい」

声が間近で響いた。縁側の隣にある和室、その少し上の方からからだった。
思わず見上げると、欄間を透かして目を疑うものが覗いていた。
一言で言うなら、巨大な面だろうか。
赤、青、黄、緑、白、黒。
派手な色使いのお面だ。言うなれば南国、バリ島辺りの厳ついものを思わせる。
それが、逆さまになってこちらを向いている。
〈おーい、おるかーい？〉面から声が聞こえた。何処も動いていなかった。
膝がかくかく震える。返事をしないと、何かされるのではないかと泣きそうになった。
しかし、どうしても声が出ない。出るのは引きつけのような喉の音だけだ。
数度目の問いかけのとき、彼女は見てしまった。
欄間の向こうでお面の目が、ぐりっと動いたのだ。
不自然なまでに白い眼球に、ぽかりと空いた穴のような黒目。
それは確実に彼女の姿を捉えているようだった。
〈おったわ〉
ほんの少しだけ喜びを滲ませた呟きが、欄間の向こうから漏れ聞こえた。
欄間がみしりと軋む。こちらへ来ようとしているのだろうか。

丁度そのタイミングで玄関から声がした。

「ただいまー。ああ、濡れたわぁ、寒い。真希子はええ子にしちゅったか?」

父と母、祖母が帰ってきたのだ。

面が動きを止めた。そして、欄間の上に引っ張られるように姿を消した。

「おお、真希子ぉ。なんしちゅうたがや?」

縁側に来た父にしがみついて泣いた。怖かったことと、安心したこと。二つの気持ちが綯い交ぜになって込み上げたのだ。

皆から何故泣いたのかと訊かれたが、嘘をついた。

信じてもらえないだろうということ。そして、これは話してはいけないことなのではないかと、子供心に考えたからだった。

翌日、落ち着いてから欄間の裏側を見上げた。

いつも通り、何も変わったことはなかった。

ただ――その日を境に、欄間を透かして得体の知れない〈モノ〉が見えるようになった。

八歳

真希子さん曰く、自分は所謂〈見える人〉ではない、という。

ただ、当時は家の欄間の向こうに、何かを見ていただけだ。

それらは、面であったり、白く丸い壷のようなものであったり、茶色く荒々しい毛皮に見えるものだった。希に、人の白い手であったりもした。しかし、ただそれだけだ。

何故か最初のように声が聞こえたことはなかった。

最初は怖さだけがあったが、次第に慣れてしまった。というよりも、自分が見ているのは幻であると思い込んでいたからかもしれない。

こんなことはない。勘違いだ。そう決めつける。それが彼女の対処法だった。

しかし、ひとつだけ納得がいかないことがあった。

おかしなものは、いつも同じ場所、同じ方向から目を向けないと現れないことだ。

それはあの縁側からで、逆側からは一度もない。理由も不明だった。

その日、十数日振りに欄間の向こうに居る〈何か〉を目にした。

昼の日差しに白く丸いものが浮かび上がっている。大きさから想像し、また壷のようなものかと目を凝らした。

違っていた。中央に黒目がちの細い目がひとつ出てきていた。

その視線は彼女を捉えていた。ふと、あの最初に見た面を思い出す。

〈おったわ〉

あのときと全く同じ声が聞こえた。そして、ちらりと目以外のものが覗いた。

紫色をした、口のようなものが動いた。

〈よしや〉

よしや？　平坦なイントネーションで意味がわからない。肯定の言葉なのか、それとも人名なのか。子供には判断が難しい。

〈よしや〉

白く丸いものはもう一度同じことを呟くと、そのまま上に登って消えてしまった。


その日、祖母が亡くなった。

農業機械にのし掛かられての圧死だった。真希子さんが初めて死人を見た日となった。

十四歳

姉が就職で県外に行き、家にいる子供は真希子さんだけとなった。

祖母はずっと前に亡くなりもういない。父と母、三人だけで少々寂しさを覚えた。

この頃になると、欄間の向こうに透けるものたちを見ることは殆どなくなっていた。

学校の勉強や部活が忙しく、そんなものに構っている暇がなくなったのだ。

普通に中学生の生活を謳歌していたとも言える。

夏休み、お盆だった。

就職した姉が帰ってくると聞き、朝から楽しみに待っていた。

だが、夕方になっても戻ってこない。

「お姉ちゃん、どがいしたんやろか?」

「うーん。昨日の電話だと、昼ぐらいじゃと聞いておったが」

連絡を取ろうにも、この時代は公衆電話である。向こうからの電話を待つしかなかった。

とりあえず迎え火を焚こうと、父母が外に出て行く。

彼女は電話の前から離れたくなかった。姉から連絡が来ると予感があった。

じ、じりりりりん、じりりりりん――黒電話が震えるように鳴る。

やはり姉だった。

『今日は帰れんきに。明日の昼には着く予定』

予定変更の理由を聞こうとしたが、硬貨が切れるブザーが鳴った。

『もう、十円な』

切れた。がっかりし力が抜ける。外へ出て、父母にその旨を伝えた。

座ったまま迎え火を眺める。

(あれ？　何？)

迎え火の向こうに、何かが現れた。

つっかけを履いた生白い足が、火に炙られている。見えている足の甲に座りだこがあった。そこだけが他よりも色濃く感じる。

母親かと思ったが、履いている物の種類が違う。そもそも違う場所に居た。

顔を上げる。

そこには誰も立っていない。ただ、二本の足だけがあった。丁度膝の上辺りから空気に溶け込むように消えている。

呆気に取られ、何度か視線を上げ下げしたが、足は消えない。

それどころか、もう一組増えた。

今度は下駄履きの男の足だ。すね毛までしっかりとわかる。

また増えた。今度は女の細い脚だった。そしてまた増える。次も女のようだ。

全部で四組の足が、迎え火の向こうでじっと佇んでいる。

隣に立った父母を見上げるが、何も見えていないのか普段通りの顔をしていた。

自分の目だけに見えているのだろうか。


〈よしや〉


八歳のときに聞いたあの声、あの言葉が何処からともなく響いた。

不意に迎え火が大きく燃え上がる。襲ってくる熱気から身を躱し、一瞬視線を外した。

その僅かな隙を突くように、足たちは姿を消していた。


翌日、見知らぬ車に乗って、姉が帰ってきた。

ひとりの青年と一緒だった。結婚するのだと、姉は顔を綻ばせて教えてくれる。

父は別として、母は殊の外喜んだ。

が、秋頃、青年は仕事先の工場で片足を切断する事故に遭った。

『こんな身体ですし……まともな結婚生活は無理でしょう。それに将来もない。娘さんの未来を考えたら、このお話はなかったことに……』

向こうから断りが入った。姉は抵抗したようだったが、互いの親同士の話し合いの末、結婚は取り止めとなった。

一年後、姉は他の家に嫁いだ。が、病で短い生涯を終えた。二十三歳だった。

二十二歳

短大を卒業後、真希子さんは県外に就職した。

父母は当然外へ出したくなかったようだ。姉があいう形で夭折し、たったひとり残った娘を手元に置けないというのは不安でしかたなかったのだろう。

しかし、彼女は一度外に出たかった。だから、県外の某企業にＯＬとして就職を決めた。

この頃、ひとりの男性と付き合うようになっていた。

同じ会社の一年先輩で、名を務という。

仕事もでき、人当たりも良い好青年だった。そして何より見目が良かった。

彼との交際は満ち足りていたと言える。しかし、同じ会社というのが問題だった。

他の女性社員と笑顔で話しているのを見るにつけ、嫉妬心が燃え上がった。もちろん務も真希子さんが他の男性社員と仲良くすることをよく思っていなかった。

次第に喧嘩が増え、苦痛な時間が増えていくのも道理だろう。

別れを決めたのは真希子さんだ。最後はあっさりとしたものだった。

務と別れた後、同僚と食事に出かけた先でひとりの男性と知り合った。

ひとつ年下で、学という男だった。

彼はガソリンスタンドに勤務していた。人好きのする性格だったが、どこか粗野な印象を漂わせている。そして、何となく影があった。

真希子さんは彼に惹かれた。彼もまた、彼女に気があるようだった。

何度か一緒に遊びに行くうちに、自然と付き合うようになった。

学は務と全く違うタイプだった。

よく言えばぐいぐい引っ張る男。悪く言えば自分勝手か。その割にどこか子供っぽい部分が残っている。そのギャップに惹かれたのかもしれない。

ある夜、学が帰った後に自分の部屋の後片付けをしていた。

時計を見ると既に深夜三時である。あまり物音を立ててはいけない時間だ。

静かに整理するうち、どういう訳かベッドの横にあるカーテンが気になってくる。

隙間が開いていた。さっき、何かの拍子に身体でも引っかかったせいだろうか。

閉めようと手を伸ばしたとき、カーテンが大きく波打った。

風はない。秋で扇風機も使っていない。

首を捻る彼女の目の前で、またカーテンが揺れた。

〈よしや〉

身体が硬直した。
数年振りに聞いた。あの平らで嗄れた声だ。
まさかと思い、カーテンの隙間の上から下まで視線を動かす。何もいない。
〈よしや〉
再び声が発された。
——下からだった。
顔を下げてはいけない。視線を向けてはいけない。しかし、見ずにいられない。
意を決し、そこを確かめた。思わず声が漏れた。
カーテンの裾が一部膨らんでいる。丁度ベッドの真上だ。
そこから逆さまの白い顔が覗いていた。
見えているのは丁度鼻から上の部分だ。それ以外はカーテンに隠れていた。
長く、色素の薄い髪の毛がベッドの上に広がっている。
陶器か樹脂でできたドールアイのような目が、逆さまのままじっとこちらを向いて——
見上げている。やはり作り物に見える。
顔に向けて、自然と腕が伸びた。
触れる必要はない。それなのに、触れなくてはいけないと、どうしても思った。

あと少し。あと僅か。指先が触れる直前、顔が消える。
カーテンから膨らみが消え、元通りになった。
眼前で起こった出来事に現実味を感じない。まず呆気に取られる。
ふと懐かしい臭いが鼻をくすぐった。
決して良い香りではない。実家近くの海。釣り人が棄てた魚が腐った臭いだ。
出元を探る。ベッドの上、髪の毛が広がっていた部分のシーツが濡れていた。
臭気はそこから立ち上っている。
マットレスまで濡れたせいか、それから随分長い間、悪臭が取れなかった。

それから数ヶ月後、学は喧嘩による傷害事件を起こした。
ほどなくして、真希子さんは彼から興味を失った。それは後悔を伴った。
そして、彼と付き合っていた時間をなかったことにしたいと考えた。
それは自分でもよく分からない複雑な感情だったという。

二十六歳

二十六歳の頃、真希子さんはある男性と籍を入れた。

披露宴も何もせず、二人だけでひっそりと婚姻届を提出しただけだ。

もちろん父母は知らない。

男は毅という名で、五歳年上だ。

転職先の小さな事務所に出入りしていた業者である。

何度か言葉を交わし、食事に行き、そしていつしか付き合い始めた。そしてそのうち、男が真希子さんの部屋に転がり込んできて、同棲状態になったのだ。

そして、お腹に新しい命が宿った。

「責任を取るさ。男だからな」

覚悟を決めた顔で、毅が言う。だから、籍を入れた。ただそれだけだ。

しかし、結婚生活は長く続かなかった。

彼の家庭内暴力、今で言うドメスティック・ヴァイオレンスが原因である。暴力は日ごと激しさを増す。命の危険を感じるようになるまでそう長くは掛からなかった。

子供が生まれる前に籍を抜いた。

慰謝料やその他の金は一切要らないという条件での離婚だった。

出産準備のため仕事は辞めているし、大きな貯蓄もない。生活はすぐ困窮した。

悩みに悩んだ末、どうしようもなくなり、彼女は実家に帰ることを決めた。

実に四年振りの帰郷だった。


「真希子ぉ。どうしちゅったがや？」

白髪の増えた母親が半分泣いたような顔で玄関に出てくる。

たまに電話で連絡をする程度で、ずっと顔を見せていなかったせいだ。

居間に上がると、憮然とした顔で茶を啜る父がいる。

「……もうええきに、ゆっくりせぇ」

この父の言葉は精一杯の労いだったのかもしれない。

しかし、父と母は大きな腹を抱えて帰ってきた娘を、どう思っただろうか。連絡もせず、
驚いたはずだがそこには余り触れてこなかった。

ここで産め、ゆっくりしろという両親の言葉に甘えた。それしか選ぶ道はなかった。

そして、何とか無事に出産を終えた。男の子だった。

「かわええの」

父母が初孫を前に目を細める。
(そうか、初孫か。お姉ちゃんはダメだったから)
涙が溢れそうになる。如何に親不孝をしてきたか。彼女は自責の念に苛まれた。
ただ、現実は待ってくれないことはすぐ自覚出来た。
これから子供はすくすくと成長していくだろう。
当然、掛かる養育費も膨らんでいく。父母の負担も増えるはずだ。
農業を営んでいると言ってもさほど規模は大きくない。収入もたかが知れている。
「あたし、外に働きに出るよ」
収入の点で、田舎は不利だ。だから出稼ぎに行く。真希子さんは決めた。
幸い幾つか資格を持っている。それを活かせばある程度の給料は望めた。
「おまん、希は?」
希。息子の名だ。別れるのは辛い。だが、子連れで仕事は難しいだろう。
だから年老いた父母に任せる——と、血を吐く思いで告げた。
引っ越しの前日、息子の寝顔を見ながらぼんやり考えた。
親がずっと一緒にいることが、子供にとっての幸せかもしれない。

　そして、衰えゆく父母にいつまでも頼るわけにはいかない。
　しかし先立つ物が必要だ。
「ごめんね」
　息子の頬に触れながら、小さな声で謝る。
　が、その声をかき消すように、どこからか木の軋む音が聞こえた。家鳴りだろうか。
　再び軋みが起こる。締め切った襖のほうだ。それも多分、上のほう。
　視線を上げる。
　そこには欄間があった。
　戻ってきてから、あの欄間のある和室に布団を敷いて寝ていた。
　あの頃のことをすっかり忘れていた。
「あ」
　蛍光灯の豆球がほの明るく照らす欄間の向こう側に、何かが動いた。
　それは、上からじりじりと降りてきていた。
　光量が少ないせいか、その正体はよく見えない。
　影の輪郭も、欄間越しのためはっきりしていなかった。
　ただ、これまで見た何よりも横幅があった。多分、欄間一枚分の幅か。

影は欄間を越え、降り続ける。襖のおかげでそれから先は遮られて見えない。
じわりと汗が浮かんだ。幼いときとは違うものである。
何か〈良くないもの〉だと、身体が感じ取っている。
理由はない。ただの直感に近い。しかし、我が子の危険を本能が告げている。
息子を抱き、逆側の襖まで走ることが可能か。
欄間の向こうから目を離さず、手探りで息子を抱きかかえる。
違和感が走った。感触が、重さが違った。
毛布でも、タオルでも、またベビー服でもなかった。
ただずっしりと重い物が腕の中にあった。
ぎこちなく目を落とす。それは息子ではなかった。
ぐずぐずしたもの。使い古しのモップを丸めたようなものを抱いていた。
むわりと潮溜まりの鼻を衝く臭いが上がってくる。
悲鳴と共に取り落とした。
「どがいした⁉」
駆け込んできた父母が、蛍光灯を明々と点けた。
「あ、あれ……」

指さす布団の上にも、また欄間にも異常は見られなかった。

ただ、息子が布団の上から姿を消していた。

「何しちゅうが⁉」

父が欄間の真下に駆け寄っていく。

襖のすぐ傍に息子が転がっている。

訳の分からない〈モノ〉が降りてきた、あの欄間の下。そこにある襖にぴったりくっつくようにして、泣いていた。

「こんなとこに……」

事情を知らない母から怒られた。明日には別れ別れちゅうに、なんぞしよる、身も蓋もない叱責が飛んでくる。

たった今起きたことを説明しようにも、その気力が湧かなかった。

寝惚けていたと言い繕い、その夜は母子二人、テレビのある居間で眠った。


翌日、予定を変えることなく旅立った。

〈よしや〉

電車の中、どこからともなく聞こえた声は、幻聴の類だとしておいた。

三十一歳

息子と離ればなれの生活を続けていた。

長い休みが取れるときだけ実家に帰るのだが、なかなか懐かない。人見知りしがちだということと、実際に息子を育てているのが彼の祖父母だからだろう。

可愛い盛りなのに自らの手で子供を育てられない。もどかしさとやるせなさを感じる。

（仕方がない。この子の幸せのためだ）

何度も心で呟いて自分を誤魔化すのに精一杯だった。


職場では子供がいるということを知るものは誰ひとりいなかった。

婚期を逃した独り身の女。そう思われている。

訊かれなかったから答えなかっただけであるが、今更訂正するのも面倒臭かった。

「真希子さんもいい人なんだから、誰かと結婚すればいいのに」

後輩たちが口を揃える。まあひとりが楽だからと答えることにしておいた。

そんな彼女に地味なアプローチを掛けてくる男性社員がいた。

三十六歳。営業主任の井口だ。

離婚歴があり、子供がひとりいた。別れた妻に月々の養育費を払っているらしい。

「今度、食事でも如何ですか？」

彼の常套句である。悪い人でもないだろうし、嫌いでもないが、そんな気になれない。我が子のことを思うと、男性と付き合うことは悪いことに思えて仕方がなかった。

だが、決算打ち上げの二次会の席だった。

カラオケで騒々しいスナックの中、井口がソファの右隣に座り、耳元で呟く。

「あのぅ、誰かー、お付き合いしている人ぉ、いるんれすか？」

何となく煩わしくなる。彼から身を離しながら、適当にあしらった。

「いやー。あのね。うーん。いるんれすかぁ」

酷く酔っている。鬱陶しい。

席を移ろうと立ち上がりかけたとき、じわっと背中に生暖かいものが広がった。

ぬるま湯を服の上から掛けられた。或いは布地の上に直接口を付けて吐息を吐き出された、そんな感触だ。慌てて背後を確認しても、誰も居ないし何もない。

「何、しているんですか？」

井口が右手を握ってくる。

何でもない、吐き捨てながら振り払おうとした手が止まった。

井口は目を閉じていた。

全身から力が抜けたように、背もたれに沈み込んでいる。

こちらの手を掴んでいる腕だけがしっかりと力強い。

言ってみれば、彼とは別の意志を持って動いているようだ。

「何、しているんですか？」

また訊ねられる。今度はしっかりとした口調だ。

井口の声のように聞こえるが、彼の口は動いていない。

唐突に手首を掴む力が抜け、彼の腕は膝の上にぽとりと落ちる。

「何、しているんですか？」

三度同じ言葉が繰り返された。

どこから聞こえているのだろうか。騒々しい周りのどこか。一体誰が。周りに目を配るのだが、該当人物らしきものはいない。

井口の顔を再び確認するも、やはりその口は動いていない。

「何、しているんですか？」

四度目の声を聞いたとき、視界が薄暗くなった。

頭が右斜め前、下方に引っ張られるような感覚が襲ってくる。

立ちくらみだ。
テーブルに手を突き、何とか身体を支えた。座って休むしかない。が、井口の手が邪魔だとしか感じられない。膝から払い除ける。しかし彼は目を覚ますことがなかった。

三次会は欠席させてもらった。
声は聞こえなくなったが、体調がすぐれない。
酔いのせいではない。あの立ちくらみの後から、脂汗が滲み、息が苦しい。
タクシーから降り、足を引き摺るようにしてアパートの階段に足を掛ける。
〈……ったわ……〉
背後から掠れたような女の声が届く。振り返るが誰も居ない。
〈……ったわ……ったわ……〉
音飛びするレコードのようだ。
階段の途中、また立ちくらみが襲う。慌てて手すりを掴んだ。
〈……ったわ……ったわ……おっ……たわ……〉
おったわ。
急にはっきりと言葉が響いた。幼き日のあの声だった。

もう一度後ろに視線を向けた。
アパートを囲った壁。その出入り口の陰。暗がりから、何かがちらりと覗く。
弾かれるように階段を上り、部屋に飛び込んだ。鍵だけはしっかり掛けた。
部屋を見回し、どこにいるべきか迷う。狭い部屋。どこにも行き場はない。
ドアに何かがぶつかるような音が鳴った。ある程度の質量がある感じだった。
台所の小さな窓。磨り硝子越しに何かが上からせり出してくるのが目に入る。
丸くて、所々にくすんだ赤や黄色らしいものが混じっている。
硝子とアルミ製の桟を透かしているので、細部まではっきりしない。
じりじりと時間を掛けて降りてきたそれは、楕円形をしていた。
例えるなら、斑の卵、だろうか。
それは振り子のように左右にゆっくり動き出した。
あまり硬くない物がアルミの桟に当たるような音が、時折響いた。
中を窺っているのか。目の前のものを冷静に受け止めている自分が嘘のようだった。
卵は何度となく往復した後、窓の真ん中で動きを止めた。
そして、出てきたときと同じように、上に向かってじわりじわりと引っ込んでいく。
姿が消えた。音も何もかもが失せる。

安堵した直後、ドアが激しく二度鳴らされた。
心臓が止まるかと思った。
その後は、朝まで何もなかった。

それから間もなく、井口は退職した。
ギャンブルで身を持ち崩した。会社の金を使い込んだのが明るみに出たのだ。
だから辞めた。そんな話を耳にしたがどれが真実なのか、彼女には分からない。
半年ほど経ったとき、こんな噂が囁かれ始めた。
〈井口が暴力団に追い込みをかけられて、首を吊った〉と。

三十八歳

真希子さんは変わらぬ毎日を過ごしていた。

ある程度の貯金もできたし、子供も父母もつつがなく暮らしている。が、流石に両親は寄る年波には勝てなくなってくるだろう。

そろそろ田舎に帰ろうかと考え始めていた。

子供はまだまだ小さい。母親がいつも近くにいれば、喜んでくれるはずだ。

それなりに準備だけはしておいたほうがいい。

彼女は人にあまり知られないように、少しずつ計画を進め始めた。


そんな矢先、春の行楽の時季のことだった。

知人の女性から誘いを受けた。

春の祭りがあるので、花見がてら出かけよう。そんな趣向だった。

電車やバスを乗り継ぎ着いた先は、桜の咲く公園だった。近くには神社がある。

出店を冷やかしながら楽しく過ごしていると、知人がトイレに行くと言う。

「じゃあ、分かるようなところで待っているね。えーっと、神社の入り口、鳥居で」

真希子さんが暇つぶしに晴れ渡った空を見上げていると、いきなり声を掛けられた。

視線を下ろすと、自分と同じくらいの年頃の女性が立っている。

セミロングの髪に、クリーム色の上着とジーンズ姿だ。

「あの、すみません。これ」

手には小さな紙袋が握られている。それをこちらに寄越そうとしているらしかった。もちろんこんなものを貰う謂われはない。

「もしかしたら、人違いじゃないですか？」

女性は首を振る。

「いいえ。あなた、まきこさん、ですよね？」

確かにそうだが、何故、自分の名を知っているのだろうか。

不可解過ぎてどう受け答えすべきか悩む。

「いいから、これ。確かに渡しましたから」

紙袋を押しつけるようにして女性はそこから走り去る。あっという間に人混みに消えた。

ふと、知人の悪戯ではないかという疑いが浮かぶ。

そのとき、向こうからその知人が歩いてくる姿が見えた。

「お待たせ」

今の出来事を話し、何か覚えがないかと問い詰めた。

「知らないわよ。大体私がそんなことをして何の得があるの?」

確かにその通りだ。それに悪戯なら成功したときにネタばらしをしないと意味がない。

じゃあ、あれは一体何だったのだろうか。残された紙袋を開けてみることに決めた。

茶色い、どこにでもあるような小さな紙袋だ。上が何度も折り曲げられている。大きさは片手に乗る程度しかない。

口を開こうと持ち直したとき、ぴりっと僅かな静電気を感じた。

訳もなく開ける気が失せる。

このまま棄てようという意見を、知人は許してくれなかった。

「私が開けるね」

知人が苦もなく袋を開いた。中身を確認した彼女は「分からないものが入っている」と、首を傾げる。

中は紙切れと小さな陶器の欠片が入っていた。

欠片は白地で、所々に青い色が散っている。元の姿が推察出来る大きさでもなく、また、特に重要なものにも見えなかった。

紙切れもまた、数字と地図らしいものが書き入れてあったが、特に覚えもないものだ。

「電話番号でもないしねぇ。地図も知らない名前ばかりだし。何なの、これ？」

知らないとしか答えようがない。

気持ち悪いね、棄てて良いよね。知人は返事も聞かずに紙袋をゴミ箱に放り投げた。


食事の後、知人と別れ、夜八時くらいにアパートへ帰り着く。

ポストを開けると、小さな紙袋が入っていた。

あの女性が渡してきたものにそっくりだった。

恐る恐る手に取ると、やはり僅かな痺れが走る。途端に開ける気が薄れたが、逆に中身を見ないのも気持ちが悪い。

無理矢理気分を奮い立たせ、袋を開けた。

予想通り、紙切れと小さな陶器の破片が入っていた。

じっとりと掌に汗が滲み出す。同じものだとするなら、誰の仕業だろうか。

部屋に持って上がるのは気が引けた。外灯の頼りない光の下、まず破片を確かめた。

「……違う」

白地ではあったが、赤と黄色の点のようなものが散っていた。青は微塵もない。

紙切れも地図は描かれていなかった。ランダムにしか見えない数字の羅列だ。

しかし、それだけではなかった。

赤いサインペンの粗い線で描かれた、人の顔があった。右を向いた女性の顔だが、どこか写実的でもある。気持ちが悪いのは、そのリアルな顔の下に適当に書かれた小さな身体が付いていることだ。二頭身以下のバランスだが胸の膨らみらしき線もある。

一体誰の顔なのだろうか。一向に思い当たらない。

ただ、髪型、顔の作り、そして描き込まれた目尻と頬の黒子を見る限り、自分の特徴に近いような気がする。

気持ちが悪い。紙袋に全て入れ、近くのコンビニまで出かけ、棄てた。

アパートに帰ると、留守番電話が入っている。再生すると、今日一緒にいた知人だった。

『あのね、うちにあの紙袋がね。帰ったら電話頂戴』

連絡を取ると、知人の家にも同じような袋が来ていたという。ただ、その中身は昼間見たものとも、こちらに来たものとも違っていた。

中には陶器の破片ではなく、錆びた安全剃刀が一本。

そして、紙切れには一言書かれている。

〈まきこさん　さる　じゃま　せず〉

『怖いよ。何なのこれ？　棄てたけど、怖いよ』

この辺りから、不思議と友人知人と縁が切れるような出来事が続いた。
もちろん、剃刀と紙切れの入った袋を受け取った知人も同様だ。
勝手に身辺整理をされているような気分になったが、どこか納得している自分もいた。

三十九歳の春。彼女は故郷に帰った。
実家は真希子さんと子供のために改築されており、あの欄間の部屋はなくなっていた。

四十二歳

真希子さんは、四十二歳のとき恋に落ちた。

相手は十八歳下の二十四歳。今、勤めている会社の窓口に来る男だった。

圓谷商事の遠藤、という。

最初は若い営業の人ね、程度の認識だった。

しかし、ちょっとしたきっかけで言葉を交わすうち、急激に親密さを増していった。

会社以外で会うことも増え、食事や映画などデートじみたことも重ねた。

そのうち、遠藤は自分のことを少なからず想っている。そう予感した。

しかし離婚をしてからこの歳になるまで、恋などしていない。何故かこの恐ろしく年下の男の子に惹かれる自分が意外で仕方がなかった。

「真希子さん、良かったら僕と付き合ってもらえませんか?」

ある夜のデート帰り、彼から切り出された。二つ返事で了承したものの、どうしても心の底から喜べなかった。

歳のこと、離婚歴のこと、そしてひとり息子のこと……。

息子は既に高校生になっている。

そのことを遠藤に話して良いものか。それとも話さずにいる自分が卑怯なのか。

また、年下の男と付き合う母を息子はどう感じるのか。

答えが出せないまま、遠藤との関係は続いた。

遠出や外泊のときは、家族に嘘をつくのが心苦しかった。しかし、どうしても止めることは出来なかった。

「こんなおばちゃんでいいの?」

何度か遠藤に念を押したことがある。しかし彼はいつも笑ってこう答えた。

「いいんです」

彼に甘えてばかりの自分に嫌気も差したが、それでも離れられない。

ずるずると関係を続け、一年が経った。もう嘘を重ねることに耐えられない。

真希子さんは兼ねてから決めていたことを実行に移そうと決めた。

離婚歴があり、子供がいることを彼に話すこと。

そして、家族に彼を紹介すること。

この二つだった。

休日の夜、彼の車の中でついに意を決した。

「あのね。私ね」

彼は無言で頷いている。顔色を窺うが、あまり動じていないようだ。

「それでもいいんです」

彼はいつものように敬語と笑顔で答え、彼女を抱き寄せた。

しかし、この告白を境に二人の関係は微妙に変化を始める。

これまで優位性は真希子さんにあった。だが、告白後は遠藤のほうが上になっている。

そして、これまでよりも少し横暴さを見せ、敬語もなくなった。

この出来事が家族への報告を鈍らせる結果をもたらしたことは否めない。

(やっぱり、嘘を吐いていたからだよね)

彼女は自分を責めた。


土曜日の夜。遠藤の部屋で洗い物をしていた。

彼はテレビの前に寝転び、手伝おうともしない。

〈ン、ハッハハハッハハッハハッ、ハッハハハハ――〉

皿を洗い籠に入れたとき、後ろから女の笑い声が聞こえた。どことなく定型的で、愛想笑いのように聞こえる。あと、イントネーションもおかしい。

バラエティ番組の笑い声だと思い、振り返った。

画面の中では、映画が流れていた。

〈ン、ハッハハハッハハッハハッ、ハッハハハハ――〉

また、あの笑い声だ。間が置かれ、何度も繰り返される。

彼が笑っているわけでもない。映画はシリアスなもので、笑うシーンではない。

一体どこからだろう。洗い物の手を止めて耳を澄ませた。

テレビ側。ベランダ側。ベッド側。棚の傍。

出所は一定ではなかった。動いていた。

ついにはトイレ側から笑い声が響いた。

笑い声が始まると同時に、そのドアの小窓から光が漏れる。中に電気が灯ったようだ。

彼の様子は変わらない。多分、この笑い声は彼に届いていない。

声が止み、トイレの明かりが消えた。

今度は台所のすぐ隣、風呂場から笑い声が聞こえる。そして、出入り口の磨り硝子越しに電灯が点いたのが見えた。

そこに影が差した。いや、それよりももっと細かく相手の様子が分かる。

毛先にウェーブの掛かった長い髪の女。それも腰から上の裸身だ。浅黒い肌をしている。

両腕を下ろし、じっとこちらに視線を投げていた。

磨り硝子ごしでぼんやりとしているとはいえ、それくらいなら伝わってきた。
普通なら侵入者だと思うだろう。しかしそうではないことはすぐに悟ることが出来た。
——その影が逆さまだったからだ。
まるで天井に立っているとしか思えない姿である。だが、髪の毛は逆立っていない。
目の前にあるこの光景を上手く受け入れられず、真希子さんは立ち尽くした。
女の影が動いた。
ノブがある側に、少しずれる。ややあって、ドアがほんの少し開いた。
隙間から女が覗いていた。
フィリピン系の若い女だった。
女はこちらに向かって明らかな敵意を含んだ視線を飛ばしていた。
「ん？　何だ？　風呂に湯を張るの？」
彼がこちらに声を掛けてくる。そちらへ顔を向けられない。女から目を離せない。
が、すぐにドアが閉まり、明かりが消えた。
足から力が抜け、シンクに手を突き身体を支える。
「どうしたんだよ？」
彼は気が付いていないようだ。今の女のことを言うべきか否か。いや、それ以前に信じて貰えるのだろうか。

悩みながら彼のほうに向き直った。

一瞬、息が止まりそうになった。

彼の背後。

胡座を掻いてこちらを振り返った頭のすぐ右後ろから、女の顔だけが半分覗いていた。

あのフィリピン系の女だった。

やはり、逆さまだった。

射るような目でこちらを睨み付けている。

「帰る」

やっとのことでそれだけ伝え、バッグを取る。

「何でだよ？　何かあったのかよ？」

根掘り葉掘り訊いてくる彼の頭の後ろから、ずっと女がこちらを見ている。

立ち上がりかけた彼から逃げるように、部屋から飛び出した。

追いつかれては堪らない。通りで捕まえたタクシーに乗り込む。

「どうしたんですか？　何だか調子が悪そうですよ？」

運転手が気易く声を掛けてくる。適当に相槌を打ちつつ、シートに身体を沈み込ませた。

　タクシーが走り出す。

「いやあ、何か気になるな。飲み過ぎ？　それとも食べ過ぎかな？　なんて」

　お喋りな男だった。走り出しても黙ることがなかった。

　会話をすれば気持ちも紛れそうだったが、疲労が先に立った。口も開かず、無視をしたままじっと窓の外を眺めた。

「お客さん、本当に大丈夫で――え？」

　運転手が突然口をつぐむ。

　態度が――いや、明らかに身体そのものを硬くしている。

　この後、自宅に着くまでの三十分、彼は一言も口を利かず黙々と運転していた。

　料金の受け渡しも、酷く焦った様子でこなし、逃げるように帰っていった。

「ただいま」

　家に入ると薄暗く、シンとしている。

　先ほどのことを思い出し、震えが来た。慌てて部屋に向かう。

　息子の部屋から明かりが漏れていた。

　まだ起きている。いつも勉強をしている時間だった。

　邪魔をしないように通り過ぎようとしたとき、襖が開いた。

息子が立っている。
「あら、どうしたの?」
努めて冷静な声で訊ねた。答えはない。
逆光の中、彼は無言のままこちらを見詰めている。
もう一度、声を掛けたとき、彼の口が開いた。
〈よしや〉
フラットな、あの意味不明の女の声だった。
息子が襖を閉める。
暗くなった廊下で、立ち尽くすしかできなかった。
翌日、息子にそれとなく訊く。
「何それ? てか、俺、いつ帰ってきたかも知らないよ?」
こんな答えが返ってきた。

後日、遠藤と別れた。
あの夜のこともだが、ある出来事が原因であっという間に熱が冷めたからだった。
彼は真希子さんと同時にフィリピン人とも付き合っていた。若い女であった。

別れた後も、彼は真希子さんが勤める会社に訪れていた。お互いに何食わぬ顔で接していたが、彼女的には胸中穏やかではなかったという。

しかし、突然担当替えがあったようで、遠藤が顔を見せなくなった。

新しい担当者にそれとなく訊ねると、歯切れの悪い答えを返す。

「遠藤が担当を外れたいと言うので……」

彼も辛かったのかと、彼女は自責の念に苛まれた。

その後、ひとつの噂が耳に届いた。

「遠藤さん、どうも刃傷沙汰に巻き込まれちゃったみたいですね」

当然、会社を辞めざるを得なくなった。

相手が誰かまでは知り得ない。

フィリピン人の女なのか、それとも他の人間なのか。加害者なのか、被害者なのか。

知りたくもないし、知ろうとも思わなかった。

四十六歳

冒頭でも書いた通り、真希子さんは四十六歳を迎えている。

息子さんも立派に成長し、家から出た。今は年老いた父母と三人で暮らしている。

彼女は言う。そんなに凄いことがあるわけでもない、たまにおかしなことがある程度で、それも何年も間が空くようなものだ、と。

話題が飛び、全く違う話になる。

最近の世の中のことについて会話を交わすうち、ふと彼女の顔が曇った。

ひとつ話し忘れたことがあるらしい。

それは彼女の息子さんのことだった。

前述したように、現在息子さんは他で暮らしている。当時「外に出たい」と言った彼を見て、真希子さんは昔の自分を懐かしく思い出したことを覚えている。

その彼がひとり暮らしを始め、半年ほど経ったときだった。

珍しく電話が来た。

『母さん、あのな。ひとつ聞いて良い？』

神妙な声だった。

『あのな、〈よしや〉って、何か知ってる？』

不意打ちをされたような衝撃を受けた。が、冷静を装う。知らないとだけ答えた。そうなんだ、そんな風に彼はそのまま引き下がった。

息子に自分のことを話しても多分解決にならない。加えて、何かを教えることで事態が悪化するかもしれない。そんな予感があった。

（まさか、あの子にも）

不安が募ったが、どうしようもないことであった。

ただ息子の無事を祈るのみだ。自分はもうどうなってもよいから、と。


そこまで話し終えると彼女は笑顔を作り直し、続ける。

今考えるとあれらはそこまで怖いことではなかった可能性がある。確かに恐れることもあった。悩んだこともあった。

しかし本当に怯えなくてはならないものは別にあるのではないだろうか。

例えば、この現実。そして生きること。この社会。

報道されるのは不安なことばかりで、どうしようもないことが多い。

しかし彼女は前向きな解決法を探そうとしている。
毎日明るく笑う。一生懸命暮らす。それが大事だと最近分かった。
暗い顔をして辛いと繰り返すのは誰にもでも可能だ。
こんなとき、明るい笑顔になるほうが難しいけれど、そう彼女は声を上げて笑う。
こちらも釣られて笑顔になるような、そんな笑い方だった。
――現在、彼女は自らの身体に巣食った病魔と闘っている。

天の檻

水田明日佳。二十六歳。某企業でＯＬとして働いている。
髪も服もメイクも、普通。どこにでもいるような女性だ。
祖母を亡くしている。それ以降は母と二人で暮らしていた。父親はいない。
彼女は自分の体験をどう話して良いのか悩んでいる様子である。
その戸惑う顔が、午後のファミレスに不釣り合いな空気を醸し出していた。
さっきまでの雑談中は、ころころ笑っていた。
自由に話して欲しい、時間はある――と勧めたとき、彼女は外に視線を流した。
「あ、雨……」
誰に向けたものか分からない。小さく、消え入りそうな声だった。
もう一度こちらに目を向ける。そして〈その話〉は始まった。

小糠雨

最初の記憶は、明日佳が幼稚園を卒園した日だ。
春の暖かな小雨が、音もなく降り続いている。
母と二人、それぞれ傘を差し、歩道を歩いていた。
ある時、少しだけ強い風が吹いた。巻き上げられた小糠雨が降りかかる。
小さな叫びが漏れ、思わずしゃがみ込んだ。
熱かったからだ。水の冷たさはない。お風呂のお湯のようだった。
傘の影にしゃがみ込む彼女を覗き込んだ母が、驚きの声を上げた。
そして、慌てた様子で抱き抱える。
何？　どうしたの？　――何度問い掛けても、母は何も答えず走っていく。
自分の傘、どうしちゃったんだろう？　明日佳はそれだけが気になった。
それからどこをどう通ったのかは分からない。
気が付くと、母の実家、祖母の家にいた。
「明日佳が……！」
狼狽えた母の声に、祖母が答えた。取り乱した様子だった。

これはとうとう。いや、待て。

そんなことを祖母は口走り、祖母が乱暴に服を脱がしに掛かる。このときすでに、顔や手足がヒリヒリ痛み始めていた。止めてほしいと懇願しても、聞き入れて貰えない。

痛みと苦しさに、大声を上げて泣いた。

「ちょっと黙っちょらんね！」棘のある祖母の言葉に、身が固くなる。

全裸に剥かれ、そのまま風呂場に連れていかれる。彼女は祖母の家の風呂が大嫌いだった。古くさい青のタイル張りで暗い。だからどことなく気持ちが悪かった。

そのまま浴槽に立たされると全身にホースで水を浴びせられた。

声どころか身体が動かなくなるほど冷たい水だった。

ガチガチ歯が鳴る。そこへ一升瓶が持ち込まれる。その中身を頭から掛けられた。

ぷんとお酒の臭いが漂った。清酒か焼酎のようだった。

瞬間、彼女は叫んでしまう。

顔や腕、膝から下の部分に刺すような痛みが走っていた。とても子供に耐えられるようなものではなかった。

浴槽の底で膝を抱え、大声で泣いた。

「……これでよかっちゃん。久美ィ、明日佳ば着替えさせぇ。後で話があるけん……」

安堵した祖母の声を聞きながら、何故か気が遠くなっていった。

明るい部屋で目が覚めた。見覚えのある天井だった。
時計を見ると、夕ご飯の時間をとうに過ぎている。
いつものように母のベッドで眠っていた。
起き上がり、何げなく母のドレッサーを振り返る。
目が丸くなった。
鏡の中に映った自分の顔、腕、足が赤黒い蚯蚓腫れに覆われている。
醜い姿が、そこにあった。

綺麗に治ったのは、それから四日過ぎてからだった。

濛雨

明日佳は降りしきる小雨の中、蹲り、激痛に耐えていた。

声も出ない。冷たい水たまりの中に膝を突き、身を固くする。

十一歳の春休み。バスケクラブからの帰りのことだった。

痛みの中で、幼稚園卒園後の幽かな記憶を思い出していた。


――あのね、春の雨は身体に毒なの。

温かく思えて、実は骨の芯まで身体を冷やしてくる。だから、風邪をひくだけじゃなくて、こじらせて、大変なことになるって、昔から言われていてね。

それだけじゃなくて、お肌にも悪いの。春の雨は。

ほら、明日佳もこの前のこと、覚えているでしょう？

出来るだけ濡れないように気を付けてね。少しなら大丈夫だけど。

もし濡れそうになったら、すぐにどこか屋根の中に入って。

止むまで雨宿りをするか、電話を借りてお母さんに連絡してね――。

あの一件の後、母が何度も繰り返し語ったことだ。

だから、春の雨にはずっと気を付けていた。

天候が崩れたら学校以外あまり出かけないように心がけていたくらいだ。

しかし、今日はどうしても体育館に行かなくてはいけなかった。バスケクラブに重要な用事があったからだ。

行きは無事に済んだ。体育館の中では何の問題もなかった。

終了後、友達と別れ、家に繋がる路地に入ったとき突風が吹き抜けた。

これがいけなかった。

傘を飛ばされ、一気に雨を被った。

濡れるに従い、狂おしいほどの熱さと痛みが襲いかかった。

熱湯製の針が突き刺さっているようだ。

Tシャツや短パンから剥き出しになった部分のみが責め苛まれる。

逃げ出したものの、足がもつれて転んでしまった。激痛で身動きひとつできない。

息が止まりそうだ。熱く痛い雨が容赦なく降りしきる。

数年ぶりの激痛は、目も眩まんばかりの苦しみを与えた。

こういうときに限って誰も通らない。母に助けを求めるが、意味はなかった。

轟と音を立て風が吹く。まるで叩き付けられるような強さだった。

熱さと痛みが失せた――が、背後から何かが覆い被さってきた。

例えれば、濡れた厚手の布。そう。水気を拭くんだ毛布のような質量の何かか。

加えて粘り気のある液体が首筋に垂れてくる。汚臭が漂う。それは腐れた雑巾、そして蒸れた汗と錆水を思わせる。

嫌悪感に無我夢中で暴れた。痛みを忘れ、泥水で汚れるのも構わず転げ回った。

〈チュチィ……ッ〉

鳥か、小動物の泣き声のような声が耳を打つ。

すーっと、背中が軽くなった。へたり込んだまま周囲に注意を払う。

何もいなかった。

ただ悪臭が身体にいつまでもまとわりついていた。

何げなく首筋に手をやると、ぬるりとした粘性の液体が指先に触れた。

雨でも汗でもなかった。

薄赤茶色の汚物だった。

家に帰った明日佳の姿を見るなり、母の顔色が豹変した。

力尽くで浴室まで引っ張っていかれる。服を脱がされ、冷水シャワーを浴びせられた。

薄茶色い汚れが白い樹脂製の床に流れ落ちる。

こんなときに〈ない〉なんて。ああ、なんでなの。母が苛立ったような声を上げた。

そのまま浴室を出ると何かを持ってくる。

それは塩と一升瓶の酒だ。

何をするかと思えば、こちらに向けて塩と酒を交互に撒いてくる。

顔と腕、膝から下に激痛が走る。さっきまで雨の中で与えられていた痛みに似ていた。

違うのは、熱くないことだけだ。

続いて母はそれらを手に取り、明日佳の体中を擦り上げていった。やはり痛みはあった。

十数分過ぎた頃、どうしてなのか痛みが綺麗に引いていく。

力が抜け、立ち上がれない。母親が優しく腕を取る。ふらつきながら起き上がった。

独特の感覚を伴い、足の付け根から〈それ〉が肌を伝う。

白い樹脂の床に赤い雫が落ち、広がっていった。

明日佳の口から思わず声が漏れた。


その日、彼女は女性の身体になった。

だが、顔と腕と足に、醜い蚯蚓腫れが大量に残された。
綺麗に引くまで、また四日かかった。

黒雨

明日佳が中学に上がった直後だった。

休日の晴れた午後、彼女は母に訊ねた。

卒園のとき。十一歳のとき。不条理な痛みに襲われた一連の出来事についてのことだ。

最初のときは幼すぎて訊けず、二度目のときは訊ける雰囲気ではなかった。

あれから何年も経つ。

何となくあの〈春の雨は身体に良くない〉という母の言葉が、嘘――あるいは何かの方便であることを薄々感付いていてもいた。

ずっと気になっていたことを、ここではっきりさせておきたかった。

病気、或いは重度のアレルギー――雨や季節に関連した――ではないか。

おかしなものに覆い被さられたのも、病の痛みが原因で浮かぶ幻かもしれない、と。

娘の問いに、母は口籠ったまま、ずっと下を向いている。

握りしめた手は色が白く変わっていた。言葉もないまま、時間だけが過ぎていく。

どうして話してくれないのだろう。すでに中学生だ。何を聞いても耐えられる。

大体、母と自分、たった二人の家族なのに隠し事をするのだろうか。

このような事を怒気を孕んだ声で訴える。

母がぽつりと吐き出した。

「……知らないでいて欲しかったけれど」

こんなに悲しげな顔をした母を見たのは、初めてだった。

いつしか、窓の外は薄暗くなっている。時計を見ると、午後二時半を指していた。空を厚い雲が覆い始めている。

「うちはね……」

母が語り出すと同時に、何故か雨がぱらぱらと庭木の葉を叩き出した。

母ははっとした顔で言葉を止めた。窓の外に視線を流す。

雨ね——改めて語り出した口調は、他人事のような言いようだった。

そのまま、淡々と言葉を重ね始めた。


水田の家は【テンのカミサマ】に嫌われている。

原因が何だとか、はっきりとした理由も分からない。

水田の家は、元々旧家でも何でもなかった。

由緒という物もなかったし、家系図も何も残っていない。

だから、どうして嫌われているかも分からない。

ただ、ずっと伝わっていることがある。

〈テンのカミサマに悪いことをしたから、報いを受けている〉。

だから、家に生まれた人は、極々希に雨で身体を痛めつけられることがある。

常にと言うことでもないし、本当に忘れた頃に酷い目に遭う。

御祓いを受けても、何をしても効き目はなかった。大体、カミサマのことを神様に頼むのは変な話——道理にそぐわないことなのかもしれない。

母親も、死んだ祖母も同じように苦しんだ。

明日佳が初めて痛い目に遭ったとき、母親は胸が潰れそうだった。

ああ、始まってしまったんだ。自分から娘に移ってしまったんだ、と。

でもまだ子供の明日佳に話しても、きっと分かってもらえない。

本当のことを黙ったまま、嘘を吐いた。

春の雨に気を付けるように。それだけを。本当にごめんなさい——。

最後、謝罪の言葉を述べた後、母は口を噤んだ。

薄暗い部屋で、沈黙が重くのし掛かった。

いつしか、雨脚と風が強まっていた。

音を立てて、雨粒が窓に叩き付けられている。

庭木は大きく揺らぎ、葉を舞い散らした。風が強くなっているようだった。

明日佳さんは思う。そんな訳の分からないことがあるのだろうか。

「大体、カミサマって。あり得ない」

彼女はやっと声を出せた。この世界、そんな非科学的なことがあるのか。

そんなことを母の口から聞くために質問していた訳ではないのだ。

「ねぇ、本当のことを――」

詰め寄った瞬間、一瞬だけ部屋が明るく照らされた。

間髪入れず、大音響が空気を震わせる。落雷。それもすぐ近くに落ちたようだった。

口も利けずに身を固くしていると、母親が立ち上がった。慌てた様子で抱き締めてくる。

あらん限りの力で締め付けられているせいか、息が苦しい。

母の身体が震えていた。僅かにではない。まるで痙攣のようだった。

〈チュチィ……ッ!　チュチィ……ッ!〉

母の背中越し、雨音の間を縫うように小動物の泣き声のようなものが耳に届く。

あのとき、小学生のとき聞いた覚えがあった。

重ねて、部屋の至る所から木が軋む音や、何かが割れるような音が鳴り始める。

どこからともなく異臭が漂い出した。

あの鉄錆と腐臭が混ざったような悪臭だった。

「……やめてっ！　もういいでしょう！　私達が何をしたって言うの!?　悪いのは私達じゃないでしょう!!　私達は無関係でしょう！」

悲鳴に似た母の声。

また部屋が一瞬光った。

轟音が鳴り渡ったかと思うと、今度は静寂が訪れた。

雨音も、風の音も一切耳に届かない。


母から解放されたのは、それから一時間は過ぎた頃だったと思う。

憔悴した顔を見ていると、もう、あの話の続きは訊けなかった。

窓の外に目をやると、庭が太陽の光で輝いている。

重苦しい空気から逃げるように、外に飛び出した。

「……嘘だ」

雨で濡れているのは、自分の家だけだった。

周りの家やアスファルトの上には、雨の染みひとつ残されていなかった。

連雨

明日佳は高校二年の春を迎えていた。

あれ以来、痛みを伴う熱い雨に遭ったのは一度きりだった。中学を卒業した後の春休み。友人宅から帰るときの一度だけ。

そのときは自宅近くだったので、何とか帰り着くことができた。

母親に処置して貰い、事なきを得た。

(処置の仕方を、お母さんに教わらなくちゃいけないな……)

高校に入った頃から、漠然と考えている。すでに〈テンのカミサマ〉の事は信じざる得なくなっていた……いや、信じる信じないという話ではなくなっていたからだ。

もし自分が結婚し、子を成した場合どうすべきか。その為の備えでもある。

当然報いなんか受け継がれなければいい。だが、最悪の事態も想定せねばならない。

中学に入ったとき、既に祖母はこの世を去っていた。

借家住まい、残された血縁も母しかいない。だから、その位牌は家の仏壇で弔っている。

結局、〈テンのカミサマの報い〉について一番知っているのは母だけになったのだ。

そんなことを考えていたある日、彼女は駅にいた。

友人達との待ち合わせだった。

集合時間が過ぎても、誰も来ない。いつものことなのでのんびり待った。

春の暖かな日差しが、駅前のロータリーに降り注いでいる。

(雲ひとつない日本晴――)

日本晴れではなかった。見上げた先の遠い空に、ぽつりと黒い雲が浮かんでいる。

色も形もスチールウールのような姿だった。

青空とのコントラストのせいか、目に痛い。

上空の風が強いのだろうか、黒雲は見る間にこちらに近付いてくる。

遠くから見ると小さかった雲は、近くに寄ってみればそれなりに大きかった。周辺のビル幾つかの上空に覆い被さるほどの面積がある。

何となく厭な予感があった。じっと眺めていると、また雲が動き始める。

今来た道筋を戻っていくような、まるで映像を逆回転させるような動きだ。

雲は瞬く間に小さくなっていき、空の向こうへ消えてしまった。

(何だ、特に何もなかったんだ)

ほっと胸を撫で下ろす。

ふと、少し離れたビルの根元に視線を泳がせた。

何かが居る。

ビルの真下に、スチールウールの色をした人間が立っていた。

五体はある。しかし、細かいディテールも色分けもない。

そして、ビルの入り口や近くの人と比べて、倍近くの大きさがあった。

輪郭は陽炎のように揺らいでいる。

その存在には誰ひとり気付いていないのか無反応だ。そして、誰もその巨人にぶつかることがなかった。まるで無意識のうちに避けているようだ。

(アタシだけが見えてる……?)

もう一度ビルの所に居る巨人に視線を戻した。

心臓が止まりそうになった。

(見てる。あいつも、こっち、見てる)

巨人はこちらに気付いている。こちらに向ける目もなければ、顔もない。それなのに、相手の視線はこちらをしっかり捉えている。

ここから離れよう。行動に移す寸前、唐突に背中の筋肉が張った。

痛みと熱を帯びていく。脂汗が浮き始めた。背中の痛みは増す一方だ。立っているのも辛い。逃げ出さなくてはいけないと理解しているのに、足が萎えたように動かない。

襲ってくる痛みは嘔吐感を連れてくる。それに負け、その場にしゃがみ込んだ。

近くを通る人の足だけが視界に入る。どれも足早に立ち去っていく。

——誰も助けてくれない。

空しさと悲しさで胸が一杯になった。

自分で何とかしなくてはならない。荒い息と共に、少しだけ顔を上げた。

心臓が握り潰されそうになった。

目の前に、スチールウール色をした、大きな足があった。

輪郭は不定形で、常に揺らいでいる。

濃い灰色の蛆虫が集まって蠢いているような表面をしていた。

視線を上に上げられない。何か、根本的な危険を感じる。見てはならない、という単純なものだ。ただじっと視線を固定し、耐える外ない。

意図せずに足と睨み合うような形になる。

が、目の前から急に足が消えた。ほうと息を吐いた瞬間、背中を叩かれた。

弾かれるように後ろを振り返る。

「おまたせっ！　どうしたの？　びっくりさせちゃった？」

友人だった。

返事を返す気力がない。脱力感だけが襲ってくる。身体の辛さは一気に消え失せていた。それだけが救いだろうか。ゆっくり立ち上がり、注意深く周囲を確かめた。

駅。ロータリー。ビル。巨人は何処にもいなかった。


全員集まった頃、一瞬だけ強い雨が降り、あっという間に止んだ。

「俄雨ってヤツ？　驚いたねぇ。まあ止んだから大丈夫そうだけど」

皆が暢気に笑う。

「さあ、行こうか。ん？　あれ？　明日佳。どうしたの？」

駅から出ようとしたとき、友人のひとりが大声を上げ、こちらを指さした。

顔や腕、足に湿疹が吹き出していた。

痒みも痛みもない。だが、あまりにみっともない状態だ。

だから、その日は家に帰った。

帰り着くと同時に湿疹同士が繋がり、まるで蚯蚓腫れのようになってしまった。


その日もやはり、塩と酒で身体を洗われた。

完全に治るまで、四日かかった。

私雨

〈雨に祟られる〉とは、まさにこのことだ。
そう自虐的に笑えるようになったのは、明日佳が社会に出た頃だ。
悩んでいてもしょうがない、気持ちが沈めばそれだけ不幸になる。
(どうせ、たまーにしか、ないんだもんね)
できるだけ明るく生きていこうと彼女は心に決めた。
だが、そのためにも報いについて母に訊いておく必要があった。
やはり最初は渋った。
が、決意と覚悟を打ち明けると、彼女は重い口を開き始めた。
「お母さんが知っている事って、そんなにないんだけど……」
まず、水田家のことからだった。
「水田家の女はね、外に出て行っても、帰ってきてしまうの」
離婚である。
これならまだ良いほうで、夫と死別することもあった。
中には、気が触れて行方不明になった夫や、怪死する者もいた。その後、何故か決まって嫁ぎ先から追い出される。

再婚をしても、相手から去る、もしくは身罷ることが多かった。

中には婿養子として入ったものの、変死をした人物も存在したようだ。

これらの出来事については、高祖母よりずっと前の代まで遡れるらしい。口伝えなので、正確さに関してはよく分からないが、多分本当なのだろう。

ただし〈報いの原因〉については、伝わっていない。

「あとね、何故か初めての結婚のときに必ず子供を授かるの。それも女の子を。お母さんもそうだったし。明日佳がそうなのよ」

血を繋ごうとする何者かの意図を感じるの、そう母は言う。

だから水田の家が続いている。

もちろん元々由緒がある家系ではない。

離婚などで結果的に名字が元に戻るだけの話だ。

家名を守ろうと思ったことすらないが、水田の名は延々と続くのである。

また、テンのカミサマに関して、断片的に伝えられたこともあったようだ。

障るときが完全に決まっている訳ではないということ。

また、何故か春先が多いと言うこと。

雨や風、雷など〈天候的な事象〉が関係すること。

そして、子供を産んだ女には、ぴたりと雨の報いがなくなること。

次の報いの標的が、その子供に移ること。

「でもね、自分がお腹を痛めた子供が苦しむと言うことだから。自分が楽になったことを素直に喜べないし……とても耐えられない。だから、虐待や子殺しをする人たちが信じられないのよね」

母親の貌には、やるせなさと諦観が混ざった表情が浮かんでいる。

どうにかしてこれらから逃げ出せないか考えたことはないのかも訊ねた。

「曾祖母ちゃんとかお祖母ちゃんがね、霊験あらたかな神社とか、拝み屋さんとかに頼んだこともあるみたいなんだけどね。それでも赦されなかった……」

相手が自ら〈赦す〉となるまで、延々と続くのだろうか。母の話で、暗澹たる気持ちになったのは否めない。

その気持ちを察したのだろう。

母は努めて明るく言い切った。

「もしかしたら、あなたまでで赦されているかもしれない。早くいい人を見つけて、結婚をして、初孫を、ね。未来の希望は強く持たないと」

楽観的だなと明日佳自身は思う。と同時に、それを望む自分もいる。
そうだ。もしかしたら自分の子供は赦して貰っているいるのかもしれない。
明るい気持ちになれそうだった。
お礼を伝え、そっと縁側に出た。
抜けるような青空を見上げながら、ふとこんなことを考える。

——この空は、どこまでも繋がっている。
例えどこに行こうとも、ずっと頭の上に変わらず存在し続ける。
風が吹き、雲が湧き上がり、雨が降る。
報いから逃げようとしても、この世界、どこにも逃げる場所はない。
そう。逃げることそのものを赦されていないのだ。
だから、毎日を大事に、強く、そして全てを受け入れて生きていこう。
もし結婚をしたら、旦那様を精一杯大事にしよう。
子供が生まれたら……力いっぱい、守っていこう。
何もなくても、何かがあったとしても。

明日佳は今も希望を棄てていない。

いつか、報いがなくなることを信じて、明日を見つめている。

真下の恋

献本がてら、久しぶりに真下君と会った。

彼は〈金縛りに遭いたくて努力しているけれど、全く遭えない人〉だ。

近況報告を聞きながら、それとなくその件について水を向けた。

「あー、なんつーかそっちに集中できてないっつーか。いや、諦めている訳じゃないんですけどね。ええ」

何となく歯切れが悪い。

「ねぇ、久田さん。こう……これから大一番、大勝負が待ち構えているとするじゃないですか？　そんなとき、どうやって気合いを入れますか？」

大きく息を吸って、下っ腹に力を込めればよいのではないか。

「下っ腹、下っ腹」

彼は頷きながら何度も繰り返した。一体何の勝負なのか。気になったので訊ねてみる。

「あー、えー、うー。まあ」

彼の顔がほんのり赤くなった。

出会いはいつも突然

真下君はひとりの女性に心惹かれていた。

友人主催の秋バーベキューに参加していた人だった。

名前は芽依。

二十三歳で事務職だと聞いた。自分より頭ひとつ分背が低く、色が白い。黒い髪の先がくるりとカールしていて、猫のような顔をしていた。

「真下さん、ですか？　初めまして」

小さく頭を下げる姿を見たとき、何となく好感を持った。

良い娘だ、そう友人に漏らすと彼も頷いた。

「そうなんだよ。良い娘なんだよ。よく気が付くし、料理も上手だし」

テーブルに並んだ料理の一部とデザートは、彼女の手によるものだった。

ゼリー菓子をひとつ手に取り、口に運んだ。ゼラチンで固められた甘酸っぱい果汁が、喉を滑り落ちていく。と、同時に彼の胸にも同じ味の明かりが灯った。

（芽依ちゃんかぁ……ええのう）

バーベキュー中、ずっと彼女の姿を目で追った。誰にでも分け隔てなく接している。礼儀も正しいし、空気も読める。それに、思いやりも抜群だ。

　完璧超人とはこのことか。

「えー、宴たけなわでございますがー」

　友人がシメに入った。この機を逃すと、連絡先を聞き逃してしまう。そうなれば、二度と会えない予感があった。

「あの、良かったら、アドとか交換しない？」

　勇気を振り絞って頼んだ。

「いいですよー」

　彼女はあっさりと教えてくれた。天にも昇る気持ちだった。

　帰りの道すがら、メールを入れてみる。

『**アドレス教えてくれてありがとう。**

今日は楽しかったね。

帰りは気を付けてね』

　十数分後、返事が返ってきた。

『**こちらこそありがとうございます。**

気を付けて帰ります』

デコメだった。すぐさま返信を入れた。

『気を付けて。またメールしますね』

五分後。

『はい。また』

今度は普通のメールだったが、最後にハートの絵文字が入っていた。

彼が有頂天になったのは、言うまでもない。

自宅に戻り、幸せな気分でソファに座った。

見るともなくテレビに視線を泳がせていると、睡魔に襲われる。昼間のビールの所為だったのかもしれない。

いつしか眠りに落ち、夢を見た。それは芽依が登場するものだった。

彼女の部屋に座っていた。調度品は彼女に似合った適度にファンシーなものだ。

彼女はベッドの上に仰向けに寝転がっている。

どことなく苦しそうだった。助けてあげたかった。

立ち上がり、彼女のおでこを撫でた。熱く、粘り気のある汗が掌に絡み付く。

（ああ、今日のバーベキューの所為かもしれない。暑かったし）

もう一度おでこに触れたとき、彼女の表情が変わった。

目を剥き出し、何かに怯えている顔だった。

思わず伸ばした手を引っ込めた。一体何を恐れているのだろうか。

大丈夫だよ、そんな風に話しかけながらもう一度手を差し伸べる。

彼女が叫んだ。すうっと周りが暗くなった。


——ところで、携帯のバイブ音が聞こえる。

目が醒めた。ソファからテーブルの上に手を伸ばす。が、手が滑って携帯を取り落としてしまった。グリップ感が悪い。

何故か右手がぬるぬるしていた。目の前に持って行くと、何かで濡れている。

液体の臭いを嗅ぐと、日焼け止めと何かが混じった香りだった。

だが今日、彼はそれに類する物を何ひとつ塗った覚えがない。誰かに触れたときに移ったのかとも考えたが、そんな記憶もない。

とりあえず付着した液をティッシュで拭う。幽かな色が付いた。肌色っぽかった。

程なくして携帯の震えが止まる。改めてカーペットから拾い上げ、着信を確かめた。

「……え？　んだよ、これ？」

履歴が残っていない。メールの送受信も芽依とのやりとりが最後になっている。

むず痒かったか何かで、何げなく顔を触った。

「っつってぇ！」

頬の上で鋭い痛みが走った。

慌てて洗面台の鏡を覗く。

右の頬に、四本の赤黒く細い傷が引かれている。

それぞれが自分の中指くらいの長さがあった。一部はまだ血が滲んでいる。まるで猫か何かに引っ掻かれたような状態だった。

原因はひとつも思い付かなかった。

ラッキーアイテムはケータイ！

翌日、真下君は頬に絆創膏を貼ったまま出社した。

「お、何だい？　そんなに何枚も絆創膏貼っちゃって。もしかすると、仔猫ちゃんに引っ掻かれたのかい？」

いつものパターンで上司が好色そうな目で訊ねてくる。

適当に話を合わせながら、席に着いた。絆創膏の上からそっと触れると、飛び上がりそうになる。まだ痛みが残っていた。正味の話、昨日より酷い。

就業中はそればかりが気になって、あまり仕事に身が入らなかった。

残業を終え、家路に就く。

途中コンビニに寄った。毎週読んでいる雑誌を立ち読みする。占いのページに目を通すと、こんなことが書いてあった。

〈今週の恋愛運は最高！　ラッキーアイテムは携帯〉

ふと芽依のことを思い出した。

携帯を取り出し、一通のメールを認めた。もちろん芽依宛てだ。

『こんばんは。真下です。お疲れ様です。

お仕事は終わりましたか?
昨日の疲れは残っていませんか?』
送信し、買い物に戻る。レジに並んでいると、ポケットの中で携帯が震えた。
支払いを終え、外に出てから確認する。芽依から返信が来ていた。
『こんばんはー。
お疲れ様です。
仕事は終わってますよ。うちの定時は五時なので。
疲れはありません。
真下さんは大丈夫ですか?』
絵文字の多いメールだった。
すぐさま返す。
『こちらも平気です。
そうですか、定時が五時ですか。
こちらは五時半ですが、残業で遅くなりました』
あまり意味のないメールを数通繰り返した後、核心に触れた。
『そうそう。

さっき、映画のチケット貰ったんです。

もし良かったら一緒に見に行きませんか？』

キーを打つだけで喉が渇いてくる。送信ボタンがなかなか押せない。

もちろんチケットの件は嘘だ。誘うための方便である。

震える親指に力を込め、気合いと共にメールを送った。

脂汗が滲んでいた。頬の絆創膏も剥がれかけている。返事はなかなか返ってこなかった。

（嫌われちゃったかなぁ……）

意気消沈のまま家に帰り着き、自室でシャツを脱ぐ。剥がれ掛けていた絆創膏が一枚、はらりと下に落ちた。

拾い上げると、ガーゼ部分が赤く濡れている。

顎の先端から何かが落ちた。

床を見ると、赤い点が数個広がっている。

慌てて鏡を覗くと、頬の傷から血が流れ出していた。

他の絆創膏も剥がれかかっている。染み出る血で、粘着力を失っている様子だった。

絆創膏を全部剥がし、血を拭い取る。しかし、なかなか出血は止まらない。あっという間に赤いティッシュの山ができていく。

（ヤベェ、これは病院に行かないと駄目か）
立ち上がりかけたときだった。
部屋の窓が強く叩かれた。
硝子が割れたのではないかと思うほどの大音響だった。
驚き戸惑っていると、母親が飛び込んできた。
「今の音、どうしたのっ⁉　……え、あ？　何、そのティッシュ」
音のことよりも、赤く染まった山に気を取られたようだ。
経緯を説明すると、母親が心配そうに顔を覗き込む。
「血管でも傷つけたとかそんな……ん？　あんた、そんなことになってないわよ」
鏡を再び覗いた。
頬の血は止まっていた。いや、血どころか、傷そのものが塞がっていた。
残っているのは薄赤く細い線が四本だけだ。
触れてみても痛みはない。ただ、部屋の中には血に染まったティッシュが残っている。
「じゃあ、これは一体何だってんだよ？」
当然母親にも答える術はない。
ティッシュを処分して、床を拭いた。全身から力が抜けていた。何げなくテーブルを見ると、携帯のランプが点滅している。着信があったようだ。
芽依からメールが来ていた。
『いいですよー。
平日はわかんないんで、土曜か日曜で。
いつの週が良いですか？
映画久しぶりなんで、楽しみです』
デコメだった。
さっきまでの騒ぎや疲れも吹き飛ぶくらい喜んだのは、言うまでもない。
初デートは、翌週に決まった。
謎の血については、なかったこととして処理した。

日課はぽっかんと忘れた

芽依とのデートまであと数日。

期待と不安が綯い交ぜになった毎日を過ごしていた。

メールのやりとりはしていたものの、当日何をどうするかで日々悩んでいたのである。

彼ももう大人である。女性と付き合ったことは何度かある。しかし、今回の緊張はどうも度を超していた。

(まるで女を知らないみてぇじゃねーか)

ひとり自嘲の笑いを浮かべた。ニヒル風のつもりだ。が、すぐにだらしなく緩む。

来るデートのことを想像すると、自然と眉が下がるのだった。

この頃、日課にしていた〈金縛りに遭うため、墓から掘ってきた石を抱いて寝る〉ことも疎かになっていた。

それよりも当日着ていく服や予定に気持ちを割り振っていたのだ。

木曜日の夜、風呂から上がり冷たい物を飲んでいた。

両親は既に寝る準備を終え、居間から撤退するところだった。

「最後、ちゃんと電気を消すのよ」

母親の言葉に適当な返事をする。流しにコップを置き、台所と居間の電灯を切った。辺りが一気に暗くなる。

自室に繋がる廊下を歩いていると、何故か背後が気になりだした。

振り返っても何も見えない。暗がりに目を凝らしても、特に何も浮かび上がってこない。

再び歩き出すと、また後ろから何かを感じる。

立ち止まり、もう一度振り返った。やはり何もない。

気にしすぎだと部屋の襖を開けた。

「——ぅおい。何でだ?」

布団の真ん中に、あの墓から拾ってきた石が乗っている。

仕舞っておいた押し入れは開いていない。中から自然に転がってきた訳ではなさそうだ。

大体、扁平の楕円形だ。勝手に転がるような形をしていない。

どちらにせよ、再び押し入れに戻さねばならない。

持ち上げようと、両手で掴んだ。

「お。何だこれ」

温かかった。室温よりも確実に温度が高い。

滑らかな石肌も相まって、何となく火照った人肌のように感じた。

気を取り直して掴み直す。だがしかし、持ち上がらない。兎に角重い。枕より小さいのにも拘わらずだ。

「んだ、やんのかこら、動けや」

悪態を吐きながら、足で踏んだ。

――その瞬間、玄関からこちらに向けて激しい足音が向かってきた。

廊下の板を踏み抜きそうな勢いで自室の襖の前まで来ると、ぴたりと止まる。

石から足を離し、無言で入り口を見つめた。

襖を叩く弱々しい音が聞こえる。確実に誰かがやっているとしか思えない。

例えるなら、拳槌部分を優しく優しく使っているような。

その振動のせいなのか、徐々に襖が開き始めた。

親だろうか。それとも、不法侵入者だろうか。しかし、親ならきっと声を掛けるはずだ。

いつもそうなのだから。いや、それ以前に親の線はない気がする。

「誰だっ！」

叫ぶと同時に音が止んだ。

身動きせずに、じっと襖を睨み付ける。

数分ほど過ぎた頃、激しく襖が開く音が聞こえた。位置的に親の寝室だった。

どすどすどすどすと、大きな足音が近付いてくる。

自室の出入り口が開かれる。

「何をしているんだ！　お前は！」

突然、父親が飛び込んできた。不意を突かれ、呆気に取られる。

「こんな夜中に喧しいぞ！　近所迷惑も甚だしいわ！」

散々叱られた。

父親曰く、夜中、唐突に足音が轟いた。音は家中を駆け回った。

あまりの煩さに起き上がると、今度は息子の部屋から大騒ぎが聞こえてくる。まるで子供が格闘ごっこをしているような騒ぎだった。

トドメとばかりに「誰だ！」という声が聞こえた。我が息子の声に違いなかった。

叱るために寝室から出てみると、家中の電気が点けられている。

「電気は消せと母さんは言っていただろう。それすらできないのか。そして夜中に騒ぐとは、子供じゃあるまいし。静かに寝ろ。いいな、分かったな。静かに寝るんだぞ」

一気に捲くし立て、父親はそのまま部屋を出て行った。言い訳を与えない早業だった。

電灯のスイッチ音が幾つも聞こえる。怒りを含んだ足音は、両親の寝室に消えていった。

納得いかないまま、後ろを振り返った。

布団の上から石が消えていた。

調べると、押し入れの定位置に戻っていた。

布団に寝転ぶと、石があった部分だけが生温かかった。


翌日、早めに帰宅し、例の石を持ちだした。

元の場所に返すのではなかった。棄てに行ったのだ。

適当な空き地に放り投げる。重く、硬い音が聞こえ、石は木っ端微塵に砕け散った。

「脆い石だったんだなぁ、これ」

しゃがみ込み、数個の欠片を手に取る。

中身は普通の灰色だったが、一部に煉瓦色が混ざっていた。

そのまま放置して、コンビニへ行った。


その後、この空き地で何かあったらしい。

「空き地に車が突っ込んできて停車、何故か全てのタイヤがパンクしていた」

こんな話を親から聞いたのは、少々時間が経ってからである。

時期的に、石を棄てた辺りの出来事であったようだが、それも確証はない。
そもそも詳しい内容はあまり伝わっていなかった。
それよりも、大事なことがあった。

そう、いよいよデートの日になったのである。

変わることを恐れないで

デート当日、真下君は待ち合わせ場所にいた。

予定よりも一時間ほど早い時間だった。

いつもはだるっとした服を着ることが多いが、今日は違う。

タイトなシャツに細身のジーンズ。チェーンで繋いだ財布。首にはチョーカー。指にはシルバーという〈チョイ悪的〉な出で立ちである。

全く以て自分の趣味ではない。わざわざ購入した物が多かった。

これは「彼女が好む服装」だった。それとなくメールで訊いておいたのである。

微妙に自分を見失っている気がしないでもないが、彼女に嫌われるよりマシだ。

「お待たせしましたー」

芽依が姿を現した。

約束の時間より十五分も早い。ふわっとした格好で、とても似合っている。

「い、いえ、さあ、行きましょう」

ギクシャクと、一緒に歩き出した。

「すみません。待ったでしょう?」

「いえ、ちょっと目測を誤っただけですから」

会話が硬い。映画の前に昼食を食べるというのに、これでは盛り上がらないだろう。

適当な店に入り、ランチを頼む。会話が途切れるのが怖くて、彼は一心に喋り続けた。

その中で、ついあの事が口を突いて出てしまった。

「あの、えっと、金縛りって知ってます？」

初デートの会話にはあり得ないチョイスだろう。後悔してももう遅い。

「え、あ、金縛り。知ってますよ」

意外にも、自然な雰囲気で彼女が答える。だが、その直後、暗い表情になった。

「わたし、最近、どうも金縛りに遭うこと多いんですよ」

一瞬、羨ましさが湧き上がる。

「多分レム睡眠がとか、疲れが、とかそんな理由からなんでしょうけど。金縛りに遭うと睡眠時間が削られるし、やっぱり気持ち悪いですよね」

そう言って、困った顔をして首を傾げた。

（あれ？　何だ？）

彼女の白く細い首。

その向かって右側に、引っ掻き傷のようなものが付いていた。本数は多分、四本。

本人は気付いていないようだった。教えるか教えないか迷う内、食事が運ばれてきた。食べ終えるまで金縛りや傷についての話題は一切なかった。

上映時間五分前に入場する。意外と空いていた。客は疎らにしかいない。
あまり前過ぎない、真ん中の席に並んで座る。
場内が暗くなった。
おなじみの上映前の注意やCMが流れる。
左側に座る彼女の横顔を盗み見た。スクリーンからの照り返しに仄白く浮かんでいる。
やはり、可愛かった。
映画が始まった。
面白い内容だと聞いていたが、何となく集中できない。隣ばかりが気になる。
中盤を過ぎた頃、突然左手を握られた。
彼女の腕が、こちらに伸びていた。
(け、結構大胆というか、積極的というか、もしかして、俺、好かれてる?)
喜びと共に、視線を上げた。彼女がこちらに顔を向けていた。
背もたれから身を起こし、じっとこちらを見つめている。

ただし、無表情で、瞬きもせずに。

「つつっ」

握られた手に爪が食い込む。メリメリと骨が軋む。握り潰されんばかりの勢いだ。

痛みに耐えきれず、振り払う。が、彼女の手は離れない。凄まじい握力だ。

「……ちょっ、ええ、ねぇ、離して」

小声で抗議するのだが、聞き入れてもらえない。固まった表情のまま、じっとこちらを向いているだけだ。

「…………」

脈絡もなく彼女の口が動いた。何かを呟いている。

「…………」

映画の大音響で聞こえない。しかし、確実に言葉を発している。

聞き取ろうと顔を近付けると、急に手を離された。

痛む手をさすりながら、もう一度彼女の顔を覗き込む。

椅子に深く腰掛け、目を閉じていた。僅かに胸が上下している。

彼女は、眠っていた。

「ごめんなさい！　何だか途中から寝ちゃったみたいで……。せっかく誘ってもらったのに。言い訳がましいけど、疲れと金縛りで寝不足で、つい」

　映画館を出た後、彼女が深々と頭を下げた。

　すぐに赦した。左手に鈍い痛みが残っていたが、それでも良かった。

　手を握ってきたことについて暗に訊いてみたが、覚えていない様子だった。

（多分、寝惚けていたんだろうなぁ。真面目そうだから、ストレスも溜まるだろうし）

　この後用事があるという彼女と別れた。次の約束は取り付けていなかったが、またメールで誘えばいい。後ろ姿を見送りながら、満ち足りた気分に浸っていた。

「しかし、ちょいと痛いな」

　自分の左手に視線を落とした。

　赤い引っ掻き傷が四本、薄く残っていた。

　ふと思い出す。

　彼女の首にある傷について、何も言わないままだったと。

下っ腹に力入れてゴー

芽依とは、合計三回デートをした。
実際のところ、真下君だけがデートだと捉えていたのかもしれない。
来る四回目を前に、彼はひとつの決意を行っている。
（次のデートで告白するぞ……！）
大一番。大勝負の大舞台である。
助言の通り、深呼吸をし、下っ腹に力を入れてデートに臨んだ。
四回目の待ち合わせ場所は、駅の近く。美味しいと噂の洋食店に行く予定だった。
いつも通り時間よりもかなり前に着いた。携帯を弄りながら静かに待つ。
「お待たせしました。毎回遅れてスミマセン」
いつも通り、彼女は待ち合わせ時間きっかり十五分前に来た。
いつ会っても、輝くような可愛さだった。
（でも……ああ、またか）
彼女の鎖骨に薄く四本の引っ掻き傷が浮かんでいた。
会う度に身体のどこかしらに傷が入っている。気付いているか分からない。触れるべきか触れざるべきか悩んだ挙げ句、ずっと黙っていた。彼女を傷つけるのではないか、プライバシーを侵害するのではないかと恐れたからだった。

食事は素晴らしかった。

デミグラス・ソースで煮込まれた牛タンのシチュー。ナイフを入れただけでホロリと肉の繊維が解けるくらい柔らかい。また、味もしっかり染み込んでいた。

蟹クリームコロッケはどこまでも滑らかでコクがあった。細かいパン粉がカリリと香ばしさを付け加えている。使っている油は多分ヘットか何かで、独特の香気を放っていた。

もちろん、付け合わせの温野菜もきちんと仕事してある。

ワインも上々で、二人ほろ酔い気分である。

「真下さん、ここ、美味しいですねぇ……。今度友達も連れてこよう」

ほんのり桜色に染まった頬を緩め、彼女がこちらを見つめる。十分に愉しんでくれているようだった。そして、何となく、目が潤んでいるようにも感じられる。

(いーまーだー、今しかない！)

鼻から大きく息を吸い、下腹に力を込めた。居ずまいを正す。

「あのさ」

「はい？」

　彼女はきょとんとした目でこちらを向いている。

「あのさ」

　次の言葉が出ない。

（ええい！　糞っ！　勢いだ！　気合いだ！）

　腹から力を振り絞った。

「あのさ、俺と付き合って下さい」

　店の中がしんと静まり返った。他にもお客がいる。そして厨房では調理を行っているはずだ。なのに、物音ひとつ聞こえない。

　顔が熱かった。答えを待つ時間は、耐えられないほど長く感じた。

「……せん」

　下を向いたまま、彼女が口を開いた。

「すみません。私、好きな人が他にいます」

　その日の晩、彼は泣きに泣いた。酒に逃げることも考えたが、それは止めた。悲しいバラードをエンドレスで聴きながら、涙を流す。落ち込む。

暗い部屋、布団にくるまり、ヘッドフォンで何回同じ曲を聴いたか。
涙も枯れ果てた。茫然自失で布団から這い出す。
涙と鼻水で顔が紙のようにカサついていた。矢鱈と喉が渇いている。
デジタル目覚まし時計は午前四時過ぎを指していた。
プレーヤーのスイッチを落とす。
密閉型ヘッドホンを外した途端、背後で幽かな音がする。
〈テ、テ、テ、テ、テ、テ、テ、テ、テ、テ、テ、テ、テ、テ、〉
聞きようによっては、一定のリズムで刻む舌打ちのようにも捉えることができる。
今まで聞こえなかったのは音楽のせいだろうか。
〈テ、テ、テ、テ、テ、テ、テ、テ、テ、テ、テ、テ、テ、テ、テ〉
振り返る。そこには何もない。しかし、まだ聞こえている。
音が流れくる方向――上方へ視線を向けた。
暗い中空に、白い何かが浮いていた。
楕円をくの字に曲げたようなそいつは、大振りのメロンほどのサイズだった。
思い浮かぶのは白いエンドウ豆。それもかなり大きい。
音が鳴る度に、エンドウ豆は小刻みに震えた。

「一体、何だ、こいつは」

独り言と共に立ち上がったとき、首筋に何かが触れた。

ファーのような滑らかさのある感触だった。

インゲンから目を離し、首に手をやる。

長毛種の猫を触っているようだった。

〈テ、テ、テ、テ……メーイ。テ、テ、テ、テ、メイ、ワタシャン〉

声、まるで電子機器で変換した作り物の声だ。

（メイ？　芽依？　ワタシャン？　渡さん？）

顔を上げると、インゲンが真ん中当たりからパクリと真横に裂けた。

あっという間にグズグズの白い屑になっていく。それらは暗闇に融け込むように消え、部屋は静かになった。首にあったはずの毛皮の感触も、いつの間にか失せていた。

点した灯りの下、部屋を見回したが、特に異変はなかった。

振られたことも思わず忘れてしまう出来事だった。


朝、目が覚めてから洗面台に行って分かったことがある。

首筋に薄赤い線が走っていることだ。

その本数は、四本だった。

ベストフレンドがいいよね

芽依とは、それっきりになった。

友人にも戻れず、そのまま連絡もせず、だ。

代わりに、と言うべきか。振られた直後に新しい友達が二人増えたという。

ひとりは〈平野〉という年上の男性だ。

少しだけオネエが入った物腰の柔らかい人物。あのときのバーベキューにも来ていたという話は、後から知った。印象には残っていなかった。

もうひとりは年下の女性で〈あさこ〉だ。

何となく暗い感じであるが、さほど悪い人間ではない。

この二人とは偶然が重なってそれぞれ別の時に知り合った。

あさこ本人曰く、前から真下君を知っていたらしい。

二人とも猫が好きで、色が白く、細長い輪郭と薄い顔が特徴である。

造作の方向性は違うが、何となく顔が似ていた。

また、オカルトに理解がある部分も、付き合い易さに一役買っていた。〈金縛りの件〉を話題にしても、決して引かず、逆に相談に乗ってくれるのだ。

寂しさを忘れさせてくれるのに十分な友人達だった。

あるとき、平野と食事をするときにあさこを呼んだことがある。

初対面であるのにも拘わらず、二人はすぐに意気投合し旧知の仲のようになった。

それ以来、よく三人で遊んだ。


だが、付き合いが始まって三カ月ほど経った頃だった。

どちらとも関わり合いになりたくないような気分になっていた。

兎に角面倒くさいのだ。

「真下さんは」「真下さんが」「真下さんのために」

常に人の名前を出しては、付きまとってくる。メールは間断なく送られてくるときがあるし、すぐに返事をしないと怒る。また、ちょっとでもキツいことを言おうものなら、手を付けられないくらい落ち込んでしまう。

そして彼らは、真下君が自分達以外の友人と会うことを、極端に嫌がった。

独占したいと言わんばかりの態度だ。

加えてプライベートへの干渉が、徐々に酷くなってきていた。

流石に堪忍袋の緒が切れた。

「喧しい！　勝手にしろ！　もう俺に関わるな！　独占禁止法発令！」

温厚な彼がここまではっきりと怒りを露わにするのは、珍しいことである。

彼らの携帯番号は全て着信拒否にし、一切の関わり合いを断った。


平穏な日々が返ってきて、一週間が経ったときだった。

夜中、何かの音で目が覚めた。

硝子窓に硬い物が当たっているような音だった。

デジタル目覚ましは午前四時前を表示している。起き上がり、電灯を点けた。

〈カツン……カツン、カツン〉

小さな石が硝子に当たっているのか。誰か不法侵入者が悪戯をしているのかもしれない。

カーテンに手を掛ける。

そのとき、ふつりと明かりが落ちた。

暗調応が整わず、漆黒の闇に落ちたような錯覚に陥る。

〈テ、テ、テ、テ、テ、テ、テ、テ、テ、テ、テ、テ〉

以前聞いたあのときの声が再び響いた。

後ろからだった。

振り返ると、あの白いインゲン豆が顔の高さに浮かんでいた。

手を伸ばせば届きそうなところに浮遊している。

じっと睨み合う形になった。

〈テ、テ、テ、テ、テ、テ、テ、テ、テ、テ、テ……マチタ〉

くちゃりと湿った音を立てて、インゲンが横に裂け——なかった。

くの字に曲がったまま白い顔に変化する。

今度は消えない。いつまでもそこにある。

馬面で、薄い顔をしていた。口の部分らしきところが動く。

〈テ、テ、テ、テ、テ、テ、テ……マチタ、チョメ、チュネ……〉

口を開けてガムを噛んでいるような音を含んだものだった。その顔と声に覚えがある。

真下君は激怒した。

「……分かったぞ！　おめぇ、平野……か、あさこだろがっ！　クソッタレがっ！」

宙に浮かぶ顔に、右拳を叩き付ける。手応えはなかったが、顔は消え失せた。

ふうっと電灯が徐々に明るさを取り戻す。

布団の上に胡座を掻く。その日は朝まで眠れなかった。

腑が煮えくりかえっていたからもある。

が、右拳が灼けるように熱く、そのせいで眠気が訪れなかったからでもあった。

夜が明けて、拳を確かめた。

まるで酷い日焼けをした後のように真っ赤に腫れ上がっている。

そして、自室の窓硝子の全てに大きな罅が縦横に走っていた。

＊　＊　＊

あのインゲンに似た二人には現在に至るまで会っていない。

消息について訊くつもりもなければ、訊く術を探す気もない。

それに、芽依ちゃんとの仲を裂いたのも、連中かもしれないと真下君は想像している。

根拠はない。ただの予想、妄想の域を出ていないとも言える。

しかし、彼は言う。

そもそもそんなことが出来るなら、自分が望むことも出来るはずだ、と。でも、何もなかった、そういう風に怒りを露わにした。

――真下君は彼等に〈金縛りに遭いたい〉と明言していた。

でも、全く金縛らなかったのだ。

また墓から新しい石でも掘ってくるかなと真下君は言う。懲りていない。それもまた、彼らしい。

剔抉

小井土政伸君と会うのはこれで何度目だろうか。

彼は背が高く、がっしりしている。身長は百八十五センチだと言う。話し方も豪快で、偉丈夫という言葉がしっくりと当てはまるタイプだろう。

そんな彼の取材を進める内、話の内容に僅かなズレを感じるようになった。有り体に言えば、話の端々に隠された部分を感じるというのか。

冗談めかしてそこを指摘すると、彼は舌を出して微笑んだ。

「そうそう……あー、なんだか誤魔化すのが面倒臭くなりましたねぇ。正直に話しますので、最初の頃話したのは一度頭のメモから消して下さい」

遠方から何度も来てもらっているのだし、と彼は付け足した。

萌芽

小学校時代、彼は少年野球団に所属していた。ポジションはショートで二番打者である。毎日楽しく汗を流していたことを、今も懐かしく思い出すことがある。

そんな彼が六年生に進級した直後の頃だった。

野球の練習が休みの日、家で目にした雑誌にそれはあった。開かれたカラー頁の上で、屈強な男達が汗と血に塗れて組み合っている。プロレス雑誌だった。

雷に打たれたような衝撃を感じた。全身を血が駆け巡る。写真から目が離せない。頁を捲ると今度はオレンジ色のパンツを穿いた男が目に飛び込んでくる。精悍な顔と屈強そうな身体には、匂い立つような独特の雰囲気があった。

下半身に痺れが走り、それは次第に疼痛へと変わる。

これが最初の目覚めであったことは否めない。

雑誌は父が同僚から偶々貰ったものだ。しかし、これまでテレビなどでプロレスを見たことはあったが、こんな気持ちになることはなかった。多分、写真、それも雑誌という媒体であったことが重要だったのだろうと彼は述懐する。

その夜、夢を見た。全体的に薄くぼやけた、解像度の低い写真のような夢だった。

何もない、無機質な場所に女が一人立っている。

白い帷子を着ていた。手足は短く、全身がずんぐりとしている。長く、艶のない黒髪を左右に垂らしていた。頭が大きい。若いが、顔には野暮ったさが漂っている。言ってみれば昔の人の体型で、背は低く、自分より小さい。大人の身長とは思えなかった。

「――」

女が何かを言い、右の片肌を脱いだ。胸は貧相だが、肩には筋肉が盛り上がっている。思ったよりも白い肌をしていた。

「――」

ずっと喋っているが、何と言っているのか聴き取れない。甲高いが太い声質だ。早口で独特の節回しである。しかし言葉そのものが理解できない。

「――!」

女は焦れたように左肩も脱いだ。上半身が露わになった。

がっちりとした体つきである。白く、脂っ気のない肌をしていた。女はこちらに向かってむしゃぶりついてくる。引き倒され、丸裸にされた。剥き出しになった背中や尻に容赦ない張り手が見舞われた上、爪で引っ掻かれた。

抵抗しても力で負ける。痛みで泣き叫んだが、止める気配はない。女が細い竹の棒を取り出した。肩や胸が叩かれる。皮膚が裂けるような痛みが走った。

「――！　――！」

女が大声を上げている。喜びを含んだ罵倒のようにしか思えない。

「――!!」

その叫びが最高潮を迎えたとき、目が覚めた。

まだ薄暗い。頬が冷たかった。涙で濡れている。一度寝返りを打った。股間が熱く、硬くなっていた。何故か酷い嫌悪感があった。

二度寝の後、いつものように母親に起こされる。起き上がり、着替えようと服を脱いだ。

「つっ……」

全身に僅かな痛みがあった。

調べてみると、細い痣と爪痕らしきものが薄く残されている。

あの女の顔が思い浮かんだ。

以来、極稀に帷子を着た女の夢を見た。

目覚めるといつも身体に痕が残されている。幽かなものであったから、服さえ着ていれば他人には分からなかった。

また、このことを誰にも言うつもりはなかった。

何となく、背徳的な夢であると感じていたからだった。

初恋

中学に上がり、第二次性徴期を迎えた。

その頃、気になる異性が現れた。

同じクラスの涼子である。

バレー部で背が高く、ガッチリとした体つきの女子生徒だった。

体格のせいか声は他よりも落ち着いている。また、思いやりに溢れた優しさも兼ね備えていた。さりげない振る舞いのひとつひとつに温かみがあった。

惹かれたきっかけは、そんな程度のことからだったと思う。

自分も野球部に所属していたから、帰りに校門などでばったり会うこともあった。数人のグループで帰りながら、よく話をした。楽しい時間だった。


「あれ？　小井土君、今日は一人なの？」

練習着を着たままの部活帰り。薄暗い校門で、涼子が声を掛けてくる。同じ方向へ帰る奴が今日は病欠で、ひとり歩いていた。そういう彼女もいつもとは違い周りに誰も居ない。

「欠席なんだぁ。こっちもマミコが早退したんだよね、体調不良で」

話しながら一緒に歩き出す。数分後、何となく照れくさくなった。暗い夜道、二人きりで肩を並べて歩くことなど今までなかったことだ。

右側、涼子の方を盗み見る。

壁際を歩く彼女はじっと真っ正面を向いていた。

「あ、そうそう、俺、最近ゲーム買ったんだよね。でもなんつーか難易度が高いっていうか、やることが分かんないっていうか、兎に角詰まりまくってて、進まないのなんの」

つまらない話を始めてしまった。相手も生返事しか返してこない。後悔は先に立たず、自分を呪う。ただ、急に話を止めることもできなかった。

どうしようもなくなってきた頃、後ろから何かが聞こえた。

足音、だろうか。

ビーチサンダルか何かをアスファルトの上で滑らせながら歩くような音だ。自分達の靴は学校指定のものでどうやってもこんな音は出ない。

音はいつしか真横に並んだ。涼子の向こう側だ。壁しかないはずで、そこを誰かが通り抜けられるはずはない。そっとそちらへ視線だけを流した。

叫びそうになるのを何とか堪えた。

彼女の頭の上辺り、丁度壁の上を歩くように二本の足があった。

外周を白いペンで抜いたように輪郭が浮かび上がっている。

白い鼻緒の草鞋履きで、同じく白い足袋らしき物まで履いていた。踏み出す前、足を蹴る度に脹ら脛部分の肉が盛り上がるところまで見て取れた。ただ、丁度膝裏辺りから上はぼんやりと闇に溶け込んでいる。

まるで随伴するかの如く、足はこちらと同じ速度で歩いている。壁が切れたときは、そのまま空中を歩いた。

「……どうしたの？」

ずっとそちらを凝視したまま歩いていたせいだろう。彼女は訝しげな声を上げた。

流石に「足が」などと言うわけにはいかないような気がする。ただ、彼女を守らなくてはならないことだけは心に決めた。

「何？　何かあるの？」

彼女が壁の上を振り返った。足は依然としてそこを歩いている。焦りが生まれた。

「あ、それっ、あの」

「何もないね。何？　冗談？」

硬い顔で笑う彼女の向こうに、草鞋履きの足が歩いている。見えないらしい。そうそう、冗談、引っかかったね等と軽口を叩いた。だが、背中には汗が流れている。

十数分の道が、途轍もなく長く感じた。

漸く彼女の家と自分の家の分岐点にやってくる。

また明日ねと手を振ったとき、足は忽然と消えた。

彼女の後ろ姿を見送りながら、大きく息を吐く。

自宅方向へ振り返ったとき、何かが上から落ちてきた。

それが額に当たり、そこを濡らす。小さく悲鳴を上げてしまった。咄嗟に指で拭う。外灯に透かし見ると、透明の液体である。若干粘ついていた。臭いはないが、正体が分からないが故にただただ気持ちが悪い。

また落ちてきた。空を見上げる。

闇を切り抜いたかのように、白い丸が浮かんでいる。

もちろん月ではなかった。

あの野暮ったい顔をした女の首が闇夜に浮かんでいるのだ。

近くにあった二階建ての屋根くらいの高さからこちらを見下ろしている。明らかに何かに怒りを感じているような様子だった。

不意に女の口がすぼまる。ふっと何かを吐き出した。それが頬に当たった。

さっきの液体の正体はこれだったようだ。

咄嗟に逃げ出した。家に向かって全力疾走した。

暗い路地に入ったとき、確実に何かの気配を後ろに感じた。頭の上、多分手を伸ばせば届くくらいの位置にそれは居る。そこまで伝わってくる。

喘ぎながら走り続ける。家の外灯が遠くに浮かぶ。

〈――！　――！　――!!〉

左耳のすぐ傍で声が轟いた。いつもの夢と同じ、早口だ。言葉として認識はできないが、それが叱責の意味を伴っていることは十分理解できた。

白く丸い物が視界の端にチラチラ入る。すぐ隣を追走しているのか。時折左の頬に何かが当たった。直感的に濡れた髪の毛だと思った。もうそちらを向けなかった。

「っツゥッ！」

思わず小さく叫ぶ。いきなり、左耳に鋭い痛みが走ったのだ。

千切れたと勘違いしそうな激痛。思わず左手で耳に触れた。ヌルリとした感触があった。

耳は付いている。しかし痺れたような痛みがそこにある。

転がり込むように家に飛び込んだ。靴が上手く脱げない。顔の左半分が熱い。耳を押さえながら大声を上げてしまう。騒ぎを聞きつけてやってきた母親が叫んだ。

「何!?　その血!?」

言われて気付いた。白い練習着の左肩から左胸にかけて紅く染まっている。

左手を顔の前に持ってくる。掌が真っ赤だ。

しどろもどろになってしまい、上手く説明ができない。

「いいから!　そこで待っていなさい!」

母親がどこかへ電話を入れた。それが終わると車に押し込まれ、病院へ連れて行かれる。

とんでもない痛みを伴う消毒の後、数針縫った。医者が言うには、釘か何かに引っかけたような傷だということだった。

帰りの車の中で、遭遇した足と首について話した。が、母親はまともに聞いてくれなかった。傷の本当の理由を隠すため、嘘を吐いていると感じたようだった。

伝えることを諦めて、あとはじっと黙り込んだ。

涼子とは特に進展もしないまま中学卒業を迎えた。

代わり、ではないだろうが、何故か現国の山内先生が気になりだした。

はっきり言えば、思慕の情が湧いてしまったと言える。山内先生は若さだけが取り柄のむさ苦しい男であったが、何故か惹かれてしまったのである。

だが、そちらも進展することはなかった。当たり前ではあるが。
女の夢を見る回数だけが減った。

自覚

高校では、野球部に入らなかった。

何となく体育会系の部活より、文化系の部活へ入りたかったからである。だが、タイミングを逸し、帰宅部となってしまった。

「なあ、小井土。お前、ロック好きか?」

放課後、同じクラスの戸川が声を掛けてきた。細面で、女子人気も高い。

ただ、どこか冷たい感じが漂っていることもあって、あまり話したことはなかった。

「ロック? 例えば……」

小井土さんは日本人二人組の名前を挙げる。彼は呆れたような笑いを浮かべた。

「そういうんじゃなくてさ……。お前、今日の昼なんかギターやりたいとか言っていただろ? だから、何か知っているかなと」

まあいいやと、彼から携帯プレーヤーのイヤホンを手渡された。大音量に思わず顔を顰める。すぐ目の前に戸川の顔があった。アシンメトリーの前髪越しに、じっとこちらを見つめている。思わず目を逸らし、イヤホンを外した。

「……煩いよ」

戸川が鼻で笑う。

「馬鹿か。これが本物のロックだ」

良いきっかけではなかったが、これが元で戸川とよく話すようになった。あまり気を遣わなくて良いからか、言いたいことを言い合う仲になる。次第に無二の親友となっていったことは自然な流れだったのかもしれない。

「小井土、これ凄いよな」

秋、連休初日の真夜中。

戸川の部屋に寝転んで、ＣＤを聞いていた。彼の部屋はプレハブの離れである。一応近所迷惑にならないよう、オーディオの音量は絞っていた。黙って耳を澄ます。湿り気のあるボーカルと粘るようなギターリフが心地よい。ベースとドラムのグルーヴ感も特筆すべき点だろう。七十年代に発表されたアルバムとは思えない。

この頃になると、彼の影響で海外ハードロックが好きになっていた。

「いいよなぁ。これ、俺らが生まれるずっと前に、演っていたんだぜ……」

ウイスキーを舐めながら戸川が唸る。既に酔いが回っているようだった。小さく相槌を打ち、目を閉じた。

うねるメロディーに身を任せていると、口に何かが触れる。

目を開けると戸川の顔があった。彼はもう一度口吻をしてきた。

当然、驚いた。これまでこんなことはなかったからだ。

「おい酔っているのか？　……止め」

くっと少し喉が締められた感覚があった。あっという間に全身が動かなくなる。声さえ出せない。自由になるのは視覚と聴覚くらいだった。

戸川が覆い被さってくる。

「ごめん。前からだったんだ……前からだったんだ」小さな声で繰り返していた。

（嘘だろ。大体俺は。いや。こういうタイプはそういう目で見られない）

もっと、ゴツイ人なら——そこで改めて驚いた。

こういうタイプが駄目ならば、好きなタイプならいいのか？

——諦観というべきものが湧き上がった。

（そうか。俺はこっちなのか）

目を閉じた。戸川の荒い息だけが耳に届いた。身体が動かないこともあったが、既に抵抗する気が失われている。

途中、「いいのか？」と彼は聞いた。まだ動けない。目だけを開いた。声を出さずにいると、それを肯定の答えだと判断したようだった。間違いではなかった。あとはなすがままだった。そういうときにはスキンと、潤滑剤に値する物を使うことを知った。快楽はなかったが、嫌悪感もなかった。ただ、美化すべき行為ではないと感じた。

途中、彼の肩越しに天井を眺めた。

思わず目を剥いた。

あの女が空中に立ち、こちらを見下ろしている。裾捲りをしていた。弛んだ下腹部が丸出しだったが、割れ目があるであろう部分は陰になって隠れている。

歯嚙みしているような表情だった。

「――!!」

女が叫んだ。夜叉の顔だった。手足を振り上げ、暴れている。戸川の耳に叫びは届いていないようだ。振り返りもせずに、行為に没頭している。

戸川は呆気なく果てた。

同時に女が降りてくる。彼の左肩越しに、じっとこちらを見つめた。汚らしい物を見るような目だった。恐れの気持ちが失せ、不意に言い訳をしたくなる。口を開くが声が出ない。心の中で繰り返した。

(違うんだ。これは仕方ないんだ。これは仕方がないことなんだ)

女が哀れを含んだ目で微笑んだ。

それがどのような意味を持っているか、飲み込めなかった。

女の両手が、戸川の両耳を後ろから掴んだ。捏ねくり回すように動かしている。それが終わると、今度は穴の中へ人差し指を突っ込んだ。

満足そうな顔に変わる。そして、姿を消した。

身体に自由が戻る。虚無感があった。意志とは裏腹に、彼を抱き締める。

「ごめん」戸川が謝った。お前が初めてじゃないと彼は打ち明ける。

その夜、お互いに何度か立場を入れ替え、行為を繰り返した。痛みや不慣れのせいで途中までしかしなかった方が多かったが。

その最中、もう、女は現れなかった。


大学へ行くまで、戸川との関係は続いた。

ただ、その間に女性とも付き合ったことがある。年上、年下、同級生。異性でも大丈夫であることが分かったが、ただそれだけだった。女性と交際することを、彼は――戸川は黙認してくれていた。

「最後は俺の所へ帰ってくることが分かっていたから」とは彼の弁である。

ただ、戸川への恋愛感情は一切なかった。欲望だけで付き合っていたことは否めない。お互いが違う土地へ進学したことで、彼との関係は清算された。最後は呆気なく別れた。男女の愁嘆場とは違う、水の如き別れだった。

それから一年経たない内に、戸川は死んだ。自死だったと聞いた。

耳が完全に聞こえなくなったことが原因であったらしい。プロミュージシャンを目指し、そのための学校にまで進学した彼にとっては、十分な理由だったはずだ。

葬儀に出席したが、その場で泣くことはなかった。

数日後の真夜中、そこで初めて彼を想って泣いた。

その後、女の夢は、見なくなった。

変遷

大学時代も、男性女性問わず付き合った。

交際の比率は若干男性が多いかもしれない。

もちろん男性が〈大丈夫〉である事は誰にも内緒だった。はっきり言って、この社会は差別に満ちている。打ち明ける必要性は一切ないと考えていた。

相手を探すときは〈交流場所〉或いはネットなどを利用した。マイノリティー同士が集まっているのだ。特に相手には困らなかった。が、どうもそういう場で自分が少々浮いているような気がしたのも確かだ。

最後の部分というのか、どこか吹っ切れていないせいもあるのかもしれない。やはり大手を振って吹聴すべきことでもなく、表向きは普通の男子学生を装っているからだろう。

自分は唾棄すべき男であると、激しい自己嫌悪によく陥った。

秋の入り口だった。

居酒屋のバイト先で倒れそうになった。多分夏の疲れが纏めて出たのだろう。しゃがみ込み、顔を伏せていると誰かが声を掛けてくれた。

「大丈夫か？」

バイト仲間の松沢康平だった。ひとつ上で別の大学に通っている。元ラグビー部員だったが、今は映画研究会に在籍している男だ。

「肩を貸すからとりあえず、立て」

助け起こされて、ロッカーへ連れて行かれた。長椅子に寝かされる。スポーツドリンクを持ってきて、後から飲めと言ってくれた。こういうさりげない気遣いができる男だった。

実は、前から彼に惹かれていた。

しかしその思いは告げられずにいた。相手が普通の男だったからだ。バイト生同士の飲み会でそれが分かった。

「男？　それだけは無理」猥談の最中、そう彼は明言していた。

それでも良かった。彼と一緒にバイトが出来るだけで十分嬉しかった。相手に彼女がいようが構わない。嫉妬心は湧かない。仕方がないことなのだからと諦めている。

しかし、少々寂しかったことは確かだ。

だからよく〈交流場所〉に赴いては、短い恋愛を繰り返した。それが不可能なときは、女性を求めた。身体の慰めが欲しいだけだ。今思うと、最低な時期だった。

その日は交流場所のひとつ、サウナのある銭湯にいた。

バイトが終わり、既に深夜に差し掛かる時間だった。

〈あるサイン〉を出しておく。が、今日に限ってあまり人の姿がない。その内誰か来るだろうと待っていたが、人数が増えることはなかった。

あまり粘るのも厭らしい感じがする。最後、サウナに入って帰ることに決めた。

サウナ内、熱気で噴き出す汗が目に染みる。拭い、向こうにあるテレビに視線を戻した。

吃驚してほんの少し身体が浮いた。

テレビの前に、男が立っていた。痩せた若い男だった。知らぬ間に入ってきていたのだろうか。しかしドアが開いた覚えはない。

金髪で今風の髪型、アイドル系の顔をしているが、陰気な男だった。白い肌。頬は痩け、肋が浮いている。その割に下腹部が丸く膨らんでいた。そして貧相な陰茎を晒している。

男がこちらに歩いてきた。

（趣味じゃあ、ないな……）

声を掛けられたら断ることにした。やはりそいつは自分の前に立った。意思表示の代わりとして、目を伏せる。下腹部から下が視界に入った。ぷらんとオクラのようなモノが垂れ下がっている。が、それよりも目を惹くものがあった。

下腹部の傷だった。

縦横無尽に走った引き攣れは、どう見ても刃物傷のように思える。小さな物で小指の第一関節ほどか。大きい物に至っては、広げた手の中指から手首付け根までくらいの長さがあるだろう。中には真新しい物や、抜糸をする寸前のように見える傷まで入っていた。

黙っているが、男は立ち去らない。こちらから出ていこうとタオルを握ったときだった。

「──」

早口で甲高く、ざらついた声が聞こえた。顔を上げると、男は座ったこちらを見下ろしている。何故か至福の顔だった。

「──」

何と言っているか、聞き取れない。男は自分の腹に手をやった。まだ抜糸していないような傷を人差し指でなぞっていた。指の動きが速くなっていく。傷に沿って強く擦り上げているようだ。血が滲んでくる。それどころか、切開した部分が開きかけていた。

「──？」

何かを問い掛けてきたようだった。顔を上げた。男は好色な笑みと共に舌なめずりをしていた。サウナの中なのに、悪寒が背中を登って来る。

何かが弾けるような音が聞こえた。

蒸気に混じって、悪臭が立ち上ってくる。嗅いだことがないような生臭い臭いだった。

男は腹の傷に指を突っ込んでいた。

ぐいと手を動かす。そこがぱっくりと口を開けた。

叫んだ。タオルを振り回し投げ付ける。そのまま拾いもせずサウナを飛び出した。

いつの間にか、沢山の男達が居る。全員がこちらを見た。驚いた顔をしていた。構わず脱衣所に飛び込み、身体も拭かずに服を着る。

自転車に飛び乗り、自宅まで全力で逃げた。途中、あの男が追いかけてくるような妄想に取り憑かれた。何度も何度も後ろを振り返る。

幸いなことに、誰も追いかけてきていなかった。

それでも気が気ではなかった。戦きながら漸くアパートに辿り着く。

しっかりドアの鍵とチェーンを掛けた。部屋の中央に仰向けで倒れ込む。息切れが酷い。

息を整えようと大きく口を開け、空気を取り入れた。次第に落ち着いてくる。そうだ、水でも飲もう。立ち上がりかけたとき、声にならない叫びを上げてしまった。

ドアの内側、そのノブにタオルが掛けてあった。

所々が赤く汚れている。赤茶け、濁った水が裾から滴っていた。

今日、サウナで使っていたものだった。逃げるとき、その場に残してきたはずである。

荷物を確認した。確かに入っていなかった。

一体誰が。いや、施錠をしているのに、どうして。

声もなく見つめていると、タオルが落ちた。コンクリの床で、濡れた音を立てる。

がちゃりと新聞受けの蓋が開いた。

目隠しカバーのせいで、向こうは見えない。

「――――――」

甲高く、早口で、ざらついた声が聞こえた。が、囁くような声であった。

何と言ったか。言葉として耳では聞き取れなかった。

蓋が閉まる。声が遠ざかっていく。階段を下り、そのまま消えた。

声は、多分こんなことを言っていたと思う。

聞こえた途端、頭の内側に、意味がダイレクトに入って来たのだ。

〈――詮無きこと〉と。

一人でいることに耐えられず、再び外へ出た。タオルはそのまま放置しておいた。

数人居る男友達の家へ行こうと思ったが、時間が時間である。これからを考えると、迷惑を掛けることは避けたかった。

仕方なくファミレスに入る。携帯プレーヤーでずっとブリティッシュ・ロックを聴き続けた。バッテリーが減り出した頃、漸く外が明るくなって来る。

朝九時。部屋に帰る。タオルはドアの内側の床に落ちていた。

ただ、濡れているだけで、赤い汚れは微塵もなかった。


あの銭湯へは二度と足を運ばなかった。

そういう類の交流場所は沢山あったし、他にも方法があったからだ。とはいえ、あの夜のことはいつまでも鮮明な記憶として残った。

その内、康平がバイトを辞めた。卒業後は地元に帰り、就職するらしい。

バイト仲間の送迎会が終わり、二人夜道を歩いた。二分咲きの桜が白かった。

「なあ、小井土。お前、本当に良い奴だなぁ……。前からずっと思っていて、言わなかったけどさ。なぁ、いつか俺の地元にも遊びに来いよ。絶対だぞ」

曖昧な返事を返してしまった。

この先、康平とは何の進展もないということが理解できている。友人として付き合っていくのは、もう限界に近い。

ならば、もう会わないほうがいい——それが結論だった。

最後、勇気を振り絞って康平の手にそっと触れた。

酔っぱらっているせいか、彼はさして嫌がる風でもなかった。そして、グッと握り返してきた。力強く、雄々しく。

それは、男同士の握手でしかなかった。

絶俗

大学を卒業後、実家へ戻った。

就職が地元の企業だったからである。給料も良かったし、自宅通いなので金銭的な部分で困ったことはなかった。ただ、父母の目があったせいで自由な行動が封じられた。地元にもそういった趣味の人間が交歓する場はあった。しかし、田舎ということもあり、流石におおっぴらに出向くことはできなかったのである。

じっと大人しくしておくしかなかった。


「そろそろ、身を固めたらどう？　良い相手はいないの？」

就職して三年。母が訊いてくる。前年に祖母が亡くなり、祖父が残った。その祖父に生き甲斐を与えるために曾孫でも、というのが母の言い分であった。本当は自分が孫の顔を見たいだけなのだろう。

別に女性と結婚し、家庭を持つのは悪くない。よい夫と父親をやれる自信もある。

ただ、今またひとつの片思いが始まっていた。

取引先の新しい営業担当だった。

野島賢司と言う。

大学を卒業したばかりで、初々しさが残っている。アメフト部だったからか、がっちりとした体格だ。笑うと靨ができて、何とも言えず可愛らしかった。

商談の合間にする雑談から、何となく気が合うな、好きなタイプだなと思っていた。接待の食事などを数回繰り返した後、プライベートでも呑みに行く仲に進展した。彼は自分を「兄貴みたいだ、兄貴みたいだ」と慕ってくれているようだった。

そして、野島はよく食べ、よく呑んだ。

大ジョッキ程度なら、あっという間に空になる。焼き鳥の盛り合わせも気が付くと串だけになった。鶏の唐揚げは檸檬を掛けずに貪るように食べる。「ビタミン摂らなきゃですね」そう言いつつ、最後に檸檬だけを囓る。

朗らかな彼といると、本当に居心地が良かった。可愛かった。

しかし、彼もまた康平と同じで、普通の男である。

抱き締めて、その先へ行くなど夢また夢だった。

そしてこの頃、またあの〈女の夢〉を見始めていた。

以前と違っているのは、女が小さく見えることだ。全体のバランスはそのままに、縮尺だけを縮めたようである。自分の腰の下辺りまでしか背の高さがない。

女はいつもと同じように帷子の上をどんどんはだけていく。そして、こちらにむしゃぶりついてくる。しかし、以前と違いそれに抗うことが可能だった。

女を突き飛ばす。相手は尻餅をつく。すぐさま飛び起きて、こちらの腰にしがみついてくる。今度は襟首を掴んで引きずり回し、投げ飛ばす。まるで子供と取る相撲だ。

腹這いで倒れ込んだ女が、怨みがましい目でこちらを睨み付けてくる。

「――！　――!!」

何か文句を言っているようだが、全く言葉が伝わってこない。また飛びかかってくるので、適当にあしらった。時には向こう脛を蹴手繰ってやることもあった。

これを繰り返す内に目覚めるのが常だった。ただ、身体に痣のような物は一切付かない。ここも前とは違っていた。

秋が深まる頃、野島の会社のイベントへ出かけた。

その日の夜、打ち上げがあったのでそれも参加した。金曜日である。朝まで行こうと、若い連中だけでカラオケとなった。楽しい時間はあっという間に過ぎていく。

「小井土さぁん、面白いっすねぇ」

酔った野島が隣に座る。一緒にビールを飲む内、彼がぽつりと漏らした。

「……この後、ちょっといいすか？」

彼と、もう一人の女子社員の三人で他の場所へ移動した。雑居ビルの中にある、洒落たショットバーだった。

ジンフィズやラムコークを口に運びながら、笑い話に腹を抱える。

「――小井土さん、あのね、小井土さんにだけ、教えますけれど」

隣に座った女子社員の肩を抱いて、彼ははにかんだ。

「こいつと、結婚するんです」

失恋の瞬間だった。

照れたような笑いを浮かべた。

「会社の連中は知りませんし、まだ友達にも言っていないんですよ。兄貴みたいな小井土さんだからこそ、最初に報告しておこうと思って」

相手は女だ、当たり前のことなんだと自分に言い聞かせたことだけ覚えている。

「邪魔すると、悪いから」

漸くそれだけ言うと、支払いをし、その店を後にした。多分、あまり良い態度ではなかったはずだ。自分に嫌気が差す。タクシーに飛び乗り、家に戻った。着替えもそこそこに、ベッドに潜り込む。

涙は出なかった。今回も、康平のときと同じような諦めがあった。

酒のせいか、気絶するように眠りに落ちた。


「——!」

また、あの女の夢を見た。今日は更に縮んでいた。小学校低学年よりも背が低い。まるで幼稚園児だ。ただ、外見は大人のままなので不自然な気持ち悪さがあった。

いつもの如くむしゃぶりついてきた。手で払い除けると、飛ぶように転がった。起き上がり、また足にしがみついてくる。太腿を抉るような痛みが襲った。

女が噛みついていた。上目遣いにこちらを睨んでいる。

心が冷えていくのが分かった。

どうせ、夢なんだろう? ——失恋が引き金になったのか、心のタガが外れた。

右の拳槌で女の頭を殴りつけた。全力だった。硬い頭蓋骨の感触が伝わる。怯んだのか、女の歯が外れた。返す刀の如く、左手で頬を張った。女の身体とこちらの脚の間に隙間が空く。引き剥がし、思い切り蹴りを入れた。柔らかく弾力のある袋を蹴り上げた感触があった。女はふらふらと後退っていく。

追いかけ、髪の毛を掴む。顔に向けて膝を叩き付ける。頽れる瞬間を狙い、足の裏で顔を真っ直ぐ蹴ってやった。女はぽぉんと後ろに転がる。

大の字になったその上へ馬乗りになった。

短い首を右手で絞める。掌の下で、何かがごろりごろりと動いた。力を込める。両手を使い女が抗う。非力だ。左手でその手を払い除ける。女の口から掠れた呼吸音が漏れた。

血だらけの顔が、赤黒く膨らみ始めた。チアノーゼだろうか。

夢中になって絞めた。最後まで〈やって〉やるつもりだった。

突然、女の身体から力が抜けた。

開いた目には生気の欠片も残っていなかった。

(――ざまぁみろ……)

爽快な気分を味わいながら立ち上がり、屍体を見下ろしたところで目が覚めた。


朝が訪れていた。夢と違い、気怠く、気分は最悪だった。

時間を確かめようと携帯を見る。ディスプレイに着信の表示があった。

野島からだった。時間はついさっきだ。全く気が付かなかった。リダイヤルする。

留守番に切り替わった。メールを送る。返信はすぐに返ってこない。

一時間ほどして、携帯が鳴った。

『小井土さぁん』

酔った声ではなかった。取り乱した声だった。

朝方、彼が結婚すると紹介した女性が突然倒れたという。今は救急病院で処置が終わったところだった。

『ショットバーから出て、それから、一緒に部屋に帰って』

眠っていたら、彼女が大声で叫んだ。飛び起きると、目を剥いている。両手は空を掻き毟っていた。一生懸命介抱したが、どうしようもない。その内、彼女の息が時折止まることに気が付いた。過呼吸、或いは呼吸困難の状態であることが見て取れた。

『でも、医者の話だと原因はよく分からないって』

彼女は喉の奥から出血をしていた。ただそれは倒れた直接の原因ではなかった。現在、彼女は点滴をしてベッドに寝ていると、彼は暗い声で言った。

『彼女と一緒だったことを知っているのは、小井土さんだけだったから……思わず電話しちゃって。すみません。迷惑を掛けました。もう大丈夫みたいですから』

電話を切った後、太腿に痛みがあることに気が付いた。

小さな歯形が付いていた。深く、肉を抉るような跡だった。

それから後、野島は件の彼女と結婚した。

披露宴は行わなかった。友人知人だけの小さなパーティだけだった。当然呼ばれたので、一応は出席をする。実のところ、祝う気持ちはあまりなかった。

幸せそうな新郎新婦を前に、できるだけ何も考えないように努めた。

挨拶の段になり、新郎が涙を浮かべてマイクの前に立つ。続いて、新婦だ。

呼吸困難で病院に担ぎ込まれた後遺症なのか、女性にしては少しだけ低く掠れた声だ。

また、過呼吸の発作が起こる身体になったと聞いている。他にも持病ができたようだった。

パーティの最中、野島と少しだけ話をした。

「小井土さん、俺、コイツをずっと守ります」

彼の決意は実に男らしい。傍らにいる新婦に向ける目はとても優しかった。

他の客と話す二人の後ろ姿を見つめる。

すぐ目の前にあるはずのその姿が、とても遠く見えた。

垂訓

野島が結婚してから少し経った頃だった。

祖父が高熱を出して床に伏した。早めに処置したおかげか、命に別状はなかった。が、一気に衰えが進んだように思える。祖母が亡くなった後はずっと一人暮らしだ。流石に心配だった。しかし、一緒に住もうという父母の提言を、祖父は蹴った。

「……まだ、やることがあるからな」

そう言って彼は気丈に振る舞った。


寒波がやってきた冬の休日。

祖父から呼び出された。力仕事をしてくれという頼みだった。家へ行き、幾つか作業を終える。汗をかいた頃、祖父が手ずから淹れた珈琲が出て来た。仏間に座り、ゆっくり飲んだ。とても美味しかった。

「なあ、政伸」

祖父がぽつりと漏らした。

「――お前、男が好きだろう?」

突然の発言に驚きを隠せない。誰も知らないはずだ。特に肉親にはばれないように細心の注意を払っている。冷静を装って答えるが、彼は首を振った。

「分かっているから。誤魔化すな」

真顔だった。

沈黙が流れた。珈琲が完全に冷たくなった頃、祖父が訥々と話し出した。

——小井土家の嫡子は代々同性を好む。

何代前からかはっきりとしない。農民の出で、家系図がしっかり残っているような家でもない。それに明確な始まりが伝わっていないから、遡って調べることは難しい。

「……でも、それって必ずってわけじゃないだろう？」

素朴な質問をぶつけた。祖父は首を振った。

「絶対なんだ」

小井土家の罪が関係していると、彼は吐露した。

何代も前の先祖が、人を殺していた。

相手は旅人だったようだ。男女二人連れの六部。小井土家に一夜の宿を求めたらしい。

何故殺さねばいけなかったのかははっきりしない。よくある話で、彼らが持っていた金目的だったのか、それとも他に要因があったのか。ただ、彼ら二人を散々慰み者にした挙げ句、酷い殺し方をしたようだ。

男はリンチの末、生きたまま切り刻んでいったらしい。最期、細かく分割した屍体は何箇所かに分けて、土中に埋められた。

女は売った。器量は良くなかったが、ある程度の値が付いた。

周囲の住人が知らぬ間に行われた非道な行いであった。所謂マレビトであったがために、特に発覚しなかったのかもしれない。

売られるとき、女がこんな言葉を吐いたと伝わっている。

〈七代と言わず、永劫、崇ってやる〉

呪詛の言葉だった。

それ以来、嫡子は同性に惹かれるようになった。

それればかりか、次第に身上が傾いた。自分達の家だけ不作になる。不幸が訪れる。

その内、田畑を手放し、農家を廃業しなくてはならなくなった。結果、その日食べるものにも困るような生活を続けた。汚い仕事もやった。

安定した仕事に就けたのは、昭和になってからだ。それからはある程度の生活水準を保っている。所謂〈人並みの生活〉である。

ただ、どうしても嫡子の問題は解決しなかった。

俗に言う〈衆道〉は昔の日本である程度当たり前のことだったとはいえ、近代に近付くにつれ〈隠さなくてはいけないこと〉になっている。現在はジェンダーが進み理解を得られるとは言っても、必ずしもそうだとは限らない。

どうしても表沙汰にできないことだった。

また、六部殺し自体はよくある伝説、民間伝承だ。祖父の話だって、あまりに細かい部分が伝わりすぎである。正直、戯れ言だと斬って捨ててやるつもりになった。

嘘だと、冗談だと祖父が言ってくれることを期待して、言い返した。

「でも、ただの言い伝えじゃないか」

「こう言ったことには真実が隠されていることが多々あるんだよ。それに、夢を見始めるんだ。跡取りは。ほら、お前も見たろう？」

釣られて頷いてしまう。それでもう観念した。認めるほかない。自分の性癖を含めて。

それを知ってか知らずか祖父は真面目な口調で続けた。

「ほら。白い帷子を着た」

そうだ。白い帷子を着た女が出てきた。いつも、何度も繰り返し。小井土さんがそのことを告白する直前、祖父の口から予想しない言葉がもたらされた。

白い帷子を着た——男の夢を。

男？　男の夢は見ていない。帷子を着て出てくるのは、女だ。

「いや、男だぞ。髪の長い」

では、あれは男なのか。いや、どう考えても女だった。しかし。

混乱の中、祖父が続ける。

「夢は子供の頃から始まる。その後から同性への興味が出てきてしまうんだ。年頃の男子が女子に惹かれるのと変わらない」

そして、どういう訳が自然と同性と関係を持つ事態に至るのである。ただ、女性と交渉を持つことも不可能ではない。

結婚も出来る。しかし、子供は一人か二人しか生きられない。他は死産か、幼くして亡くなってしまうことが殆どだった。

小井土さんには素朴な疑問が湧いてきた。

「恨んでいるなら、子供が残せないようにして、家を絶やせばいいじゃないか」

苦々しい顔で吐き捨てた。

「延々と苦しませるため、血を繋がせるために決まっているじゃないか」

唐突に祖父が立ち上がる。仏間を片付け、畳を剥げと言った。混乱した頭で言われるがまま動く。畳の下にあった板も取り去ると、土が覗いた。祖父が庭からシャベルを持ってくる。今度は自ら掘り始めた。何度か埋め戻しを繰り返したのか、柔らかそうな土だった。

「……ほら」

土の中に大きな石が埋まっている。大人でもなかなか持ち上げられそうにない。表面は土に汚れているが、滑らかであることが見て取れる。だが、一部だけ鑿か何かで削られたように荒れていた。祖父が更にシャベルを振るう。何かを掘り出し、手に乗せた。土を拭い取ると、黄色い棒状のものだった。

「骨だよ。六部の男の」

固い声だった。

祖父が骨と言う物と石を埋め戻す。板と畳は指示通り填め込んだ。

既に夕暮れになっている。蛍光灯を点けた。仏間はこれまで通り変わらなかった。その場に向かい合って座る。

これを見せ、聞かせるために呼ばれたのだろうか。

ただし、信じることは総てを認めることになる。だから、嘘だと思い込みたかった。

しかし、夢も一連の現象も間違いなく体験している。

恐る恐る、これまで出会った出来事を祖父に話して聞かせた。彼は小さく頷いた。

「俺も、お前の親父もそうだった」

しかし、何故そいつは小さくなってきたのだろうかと首を傾げる。祖父も父もそのような状態で見たことはなかった。理由が浮かばない。言葉が途切れた。静かだった。

沈黙を破り、祖父が吐き捨てるように言う。

「……俺らと関係した男どもな、多分、碌な目に遭っていないはずだ」

脈絡のない内容であるが、覚えがある。

戸川。野島。確かにそうだ。しかし、野島は一度も交渉を持っていない。それに、短期間の付き合いだった連中と康平はどうだったのだろう。あれから連絡を取っていない。どうなっているのか知り得ることは不可能だ。

「なあ、なんでそんなこと分かるんだよ？　それに、俺のことも何時知っ――」

遮るように、祖父が口の端を歪め、厭そうな表情で言う。

「――ああ、そっちを見ろ」

自分の後ろを指さした。

首があった。

いつも見る夢に出てくる女――いや、祖父の言葉を信じるなら男――のものだった。

部屋の隅、天井に近い場所に生えている。まるで項垂れているようだ。
大きさは最初の頃と同じに見えた。全く縮んでいない。
現実感のない光景に、思考が止まってしまう。
「ほら、そいつに、その男に聞いたんだよ」
祖父が高笑いを始めた。
それに呼応するかのようにそれが顔を上げる。
般若の如き形相で、何かを叫び始めた。やはり何と言っているのか聞き取れなかった。
射抜くような目で祖父を睨んでいる。怒りだけが伝わってきた。
急に我に返った。
仏間から転がり出る。後ろからはいつまでも祖父の笑い声が響いていた。
以来、祖父の家には絶対に一人で行かなくなった。
父に話してみようかと思った。しかし、何となく止めておいた。
単純に、話しては良くない気がした。だから、話さなかった。
その年、年末の忙しい時期に祖父は身罷った。
肺炎だった。病院に入院していたとき、何度か見舞ったことがある。

「……まさのぶ、政伸。分かったぞ。分かった」
呼吸器の向こうから、うわごとのような言葉を聞いた。半開きの目は遠くを見ている。
何が分かったのか訊き返しても、同じ言葉を繰り返すだけだった。
入院から一週間目。その日の夕方、彼は冥土へ旅出った。最後まで苦しんで逝った。
祖父の家は取り壊された。代々伝わってきた土地も売り払った。父の判断だった。
埋められていた石や骨がどうなったのか分からない。
取り壊し、土地を整備するときにそんなものが出てきたとは聞かなかった。

逆睹

祖父がいなくなってからも、夢は続いた。

頻度は少なくなっている。が、出てくる人物の大きさも最初の頃のものに戻った。

気になることは、前よりも鮮明になっていることだ。

ぼやけていた部分が明確になった。いろいろな事が見て取れる。

長旅のせいか、帷子は汚れ、擂り切れそうになっている。足袋は鼠色に煮締まった色で、草鞋だけが新品のようだった。

顔は腫れぼったい一重まぶた。肌は白いが、あまり滑らかではない。乾いている。荒れた薄い唇は、どことなく薄情そうであった。首は短く細い。

はっきり言って不細工であった。

そいつが帷子を脱ぎ、上半身を露わにする。貧相な胸と浮いた肋。色が白いのだけが取り柄であったが、所々に嬲られた痕跡が残されていた。

今はむしゃぶりついてこなくなっていた。あれだけ酷い目に遭わせたからか、それとも祖父から正体をバラされたからなのか。

相手がこちらを見つめる。

不細工な顔を歪めたり、無表情になったり、般若のような顔を見せた。合間にいつもの如く意味不明の言語を投げかけてくる。

どれも呪詛の言葉であり、また、何か嘲りの言葉のようであった。

しかし、ただそれだけだ。恐れる物は何もない。

だからじっと観察ができる。

やはり女としか思えない。男だと言われても、とてもそうは見えなかった。


年度末で忙しかった時期にも、また例の夢を見た。

ストレスで苛立っていた。初めて夢の中で叫び返した。

（喧しい！　俺達は何にもしていないだろう！　やったのは昔の馬鹿どもだ!!）

相手が笑った。痴れ者が行き着く先にあるであろう、妖艶さが滲んでいる。

大きく口が開いた。

〈――ろう〉

声が初めて言語化される。

〈仕方なかろ〉

甲高くざらついた声であったが、どこか感情を突き抜けたような雰囲気を感じさせた。

〈それだけンことをしたのやから〉

当然こちらも言い返す。

「もういいだろう！　赦せばいいだろう！」

笑み崩れたまま、それは空を仰いだ。帷子の殆どを脱ぎ捨て、白い肌を見せていた。

〈――お前も、本当は楽しかろ〉

ぷつんと夢が途切れた。

胸が苦しい。いや、息ができない。

目を開ける。

朝の青い光の中、父が馬乗りになって首を絞めていた。

目が合うと、彼はゆっくりと手を離し、ベッドから降りた。

掛ける言葉が見つからなかった。父は緩慢な動きで後ろを向くと、部屋から出ていこうとする。ドアを閉める寸前、声を発した。

「母さんには、言うな」

ドアが音もなく閉められた。何を言ってはいけないか、皆まで聞かなくとも総てが理解できた。父もきっと――知っているのだろう。

言われた通り、母親には何も知らせないことを決めた。

それからというもの、男性とは一度も交渉を持っていない。

相手を不幸にしたくないからだ。関係をすれば、もしくは恋慕の情を抱けばそれだけで良くない出来事が相手に襲いかかるのならば——という決意だった。

とはいえ、時々その誓いも危うくなるときがある。

そんなとき、思い出すのは戸川達のこと。そして、康平のことだ。そうすれば、しっかり踏み留まることが出来る。

そして、結婚はしないと決めた。

自分は一人っ子である。子を為さなければ、この連鎖も途切れるだろう。そんな思惑があった。怖いのは、何かの間違いで子供が生まれ、それが男の子だったときだ。考えるだけで寒気がする。そういうことがないように、細心の注意を払った。

しかし、最近何故か見合いや合コンの話が増えている。

そればかりか女性からの誘いも多い。引く手あまたとはこのことだ。

何か厭な感じを受ける。

今もあの夢は見る。

相手はこちらを見つめ、笑う。あれ以来、言葉は聞かない。
そして、笑顔のまま帷子を脱ぎ捨てる。
露わになった裸体。その弛んだ下腹に、赤と黒の線が蜷局を巻いている。
じっと見ていると、その腹が動く。
内側に入っている何かが暴れているような、そんな感じだ。
そいつは愛おしそうにその腹を両手で撫でる。
撫で終わると、今度は拳で殴り始める。
途轍もない不安な気持ちに駆られ、叫ぶ。
——止めろ！　止せ！　と。

ただ、六部達への贖罪の気持ちは、未だ持ち合わせていない。

穏

吉城千奈都さんは、ある商社の経理部に所属している。

初対面のとき、話し方や応対の仕方から芯のしっかりした女性という印象を受けた。

そのときは単なる雑談（というより、私の馬鹿話）で終わったような記憶がある。

その後、少しずつであるが体験談を伺えるようになっていた。

と言っても、彼女自身の話ではなく、周囲の人のことである。それ以外だと、やはり世間話が主な内容だった。

三度目辺りだったと記憶している。

途中、飲みもののお代わりを勧めた。そのとき、彼女が居ずまいを正した。

「あの。話題が凄く変わるんですけど」

――いい神社知りませんか？　凄いパワースポットでも構いません……。

驚

初津美という女性がいた。

吉城さんの親友である。

同じ歳で趣味も似ていた。それが理由でもないだろうが、二人は外見もそっくりだった。

共通の友人からもよく間違われることがあったという。

何かと一緒に行動することも多く、とても気の合う二人だった。

「まるで姉妹みたいね」

友人達からこんな言葉もよく聞かれた。二人一緒に笑い合ったことを覚えている。

だが、大学を卒業するとそれぞれ忙しく、少しずつ疎遠になってしまった。


就職後、二年ほど過ぎた頃だった。

久しぶりに会った初津美の口から、想像しない言葉が飛び出した。

「あのね、結婚するの」

職場恋愛がきっかけで、相手は同僚の男性だと聞いた。

だから急な誘いだったのかと合点がいく。もちろん親友の幸せだ。心の底から祝福した。

「ねぇ、挙式はいつなの？」

　訊ねると、にこやかに答える。

「今年の秋くらいかなぁ。十月くらいを考えてる」

　今は五月。あと五ヶ月先である。

　それに先んじて同棲を始めると聞いた。両家の両親もそれを赦しているらしい。

　住む場所さえ先に決めておけば、後々楽になる。新居が決まり次第教えるから、遊びに来てと彼女は言った。そして結婚する相手、彼にもその前に会って欲しいと頼まれる。

　了承し、再来週辺りに会う約束をして、その日は別れた。


　初津美が結婚か。

　アパートのドアをくぐりながら、独り言を漏らした。言いようのない寂しさに取り憑かれてしまう。一人暮らしで仕事に振り回される毎日。彼氏もいないし、学生時代のような友人達との馬鹿騒ぎもない。

　力が抜けるような気分だ。うんざりしながら化粧を落とし、風呂に入る。

　楽な格好でちゃぶ台の前に座った。目の前にあるノートパソコンを立ち上げ、缶チューハイのプルトップを開ける。

（何か、気の抜けた生活だな。親父っぽいというか）

自嘲気味に笑いながら、メールの受信をクリックした。

ダイレクトメールやネットショップの出荷通知などの他、一通のメールが入っていた。

送り主は、初津美だった。

件名は【サプライズ！】

今日、会う前に送っていたらしい。画像が添付されていた。

ファイル名は【ひかり．ｊｐｇ】。

携帯に送ればいいのに、いや、容量が大きいから無理か——そう独り言を呟きながら、ファイルを開く

初津美の写真だった。

彼女が満面の笑顔で写っている。

何がサプライズなのか分からないまま、本文を読んだ。

【おひさー。

最近仕事とか頑張ってる？

携帯メールは極偶にしてるけど、今回はパソコンメールで。

添付している写真、いいでしょ？

これは、彼に撮ってもらった写真。
てか笑い過ぎだ、自分。
でね、ここがどこかと言うと縁結びの神社。
一緒に行ってね、ちょい祈願した。
一生幸せになろうねって。
そのとき写真撮ったら、スゴイ物が写ってたんだよ。
分かるかな？　あたしの左肩のところに、スゴイ光があるでしょ？
ぱーっと神々しい感じの光の放射というか。
彼曰く「オレら祝福されているな」ってさー。
どう？　スゴイでしょ？
多分、これを読んでいる頃には　結婚　のことも聞いている（はず）よね。
まさにサプライズだったでしょ？　ではまたねー】
惚気話が大半を占めていた。
苦笑いが浮かぶ。もう一度画像ファイルに目を戻し、左肩の光を探した。
「……ないじゃん」
そのようなものなど、一欠片もなかった。

それどころか、不定形の影がへばり付いていた。くすんだ赤色で、首から肩に掛けて広範囲に亘っている。

さっき見たときは気付かなかった。画像データが壊れているのだろうか。

もう一度送ってほしいと返信メールを書き始めたときだった。

画面の中を動く物がある。ポインタが勝手に動いていた。

ゆったりと、縦横無尽に矢印が滑っている。

手を止めた瞬間、勝手にメーラーが閉じた。

液晶の画面がちらつき出した。そして、パソコン自体の電源が落ちた。

「あれぇ!?　なんで?」

電源を入れ直すが、立ち上がらない。それどころかうんともすんとも言わない。何度かトライする内、何とか起動画面が出た。暫く待つとデスクトップが表示される。

ほっとしながらメーラーを開いた。

「……ない」

これまで届いたメール一切が消えていた。

もちろん、初津美からの【サプライズ】メールも同じだ。

理由は一切分からない。あまりのショックに、何度もメーラーを閉じては開きを繰り返した。やはりデータは戻ってこなかった。

(何か、元に戻す方法があるはずだ)

調べようとブラウザのショートカットにポインタを持っていく。

そのとき、デスクトップに見知らぬファイルがあるのを見つけた。

【ひかり】

ファイル名からして、多分初津美が送ってきた画像だ。

しかし、ここに保存した覚えはない。とはいえ、これだけでもデータが残っていたことが嬉しかった。

ファイルを開く。画像が表示される。

「……これも駄目だったの?」

一人呟いた。

画像は真っ白なだけで、何も映っていなかった。

突然ぷんと音を立て、再びパソコンが落ちた。

今度はすぐに復帰した。

【ひかり】ファイルは消えていた。当然メールのデータも失われたままだった。

翌日、初津美の携帯に電話をし、昨日のメールについて切り出した。

「なんだかね、ファイル開いたら、パソコンがダウンしてね」

『ええー、ごめん。送ったファイルのせいなのかな』

多分違うだろう。ウイルススキャンは自動で行われている。該当するような原因は発見されなかった。もし新種のウイルスプログラムだとしても、総てが彼女のせいではない。

「初津美のパソコンも気を付けたほうが良いかも。重要なデータとか避難させないと……。あ。そうそう。昨日の写真だけは見れたんだけど」

画像に光がなかったことと、くすんだ赤の影の話をした。データが壊れていたか、こちらのパソコンの不備じゃないかと前置きして、もう一度送ってくれるよう頼んだ。

彼女が一瞬押し黙った。

『……そんなことないはず。元のファイルにはちゃんと光があったよ。多分、言う通りデータが壊れていたんじゃないかな』

狼狽えた声の中に、何故か不満げな色が見え隠れしている。どことなく不自然だった。

『メールで送るより、実物を見せてあげるよ』

今度会うとき、プリントした物を見せてもらう約束をして、電話を切った。

添

土曜の夜だった。

古民家を改造したレストランで、初津美の彼に初めて会った。

「こんばんは。初めまして、蔵前といいます。初津美から話はよく伺っています。学生時代から、大変仲が良かったと」

背が高く、意外とがっちりしている。線が太く、精悍な顔つきをしていた。男らしさが滲み出ている。言葉遣いも態度も素晴らしい。好感の持てる男性だった。

こちらの考えていることを察したのか、隣で初津美も得意そうな顔をしている。

食事を摂りながら、馴れ初めを聞き出した。

「元々、あまり好きじゃないタイプだったんですよね、初津美のこと。なんていうか、澄ました感じで、近寄り難い雰囲気でしたから」

鮪のカルパッチョを口に運びながら、蔵前が笑う。口調のおかげで嫌味がない。

初津美は総務部、蔵前は設計部で、会う機会は極端に少なかった。社内ですれ違う、または総務部で顔を合わせる程度だったらしい。

「でも、社内球技大会がきっかけで、彼女の素の部分を見て……。なんてしっかりした女性だと。いやまあ、それで惚れてしまったというか」

その後、蔵前が積極的に交際を申し込み、やがて結婚の約束まで至ったのだ。

二人の惚気は、デザートが出るまで一方的に続いた。

「あ、そうそう。写真持ってきたよ」

携帯に電話の掛かってきた蔵前が席を外しているとき、初津美がバッグから携帯を取り出した。面倒臭かったのか、プリントアウトはしなかったようだ。

液晶に映し出された写真は、確かにあの晩送られてきたものだった。

そして、左肩にぼんやりと何かが覆い被さっている。

この写真ではくすんだ赤ではなかった。光だと言えるほど白くもなかった。どちらかというと、黄ばんだ乳白色で濁った感じだった。

色味の違いは、携帯の液晶だからというわけでもなさそうだ。

「ふーん、光だね。貰ったファイルはやはりデータが壊れていたのかな」

場の雰囲気を壊さぬよう、嘘を吐いた。

携帯を閉じ、初津美はにっこり微笑んだ。

一点の曇りもない笑顔だった。

食事を終え、二人と別れた。

家に帰る道すがら、ドラッグストアに立ち寄る。リムーバー液やコットン、ストッキングを籠に入れ、レジへ向かった。

前に三人並んでいた。購入点数が多いせいか、なかなか進まない。

手持ち無沙汰の合間、バッグから携帯を取り出しチェックを入れる。

メールが二通と着信が一件あった。

総て初津美からだった。

メールは、今日のことに対するお礼が一通。もう一通は写真が添付されていた。

あの光の写真と言われているものだった。若干、解像度を落としてある。

（うーん、貰っても困る写真なんだけどなぁ）

レジの番が回ってきたので、そのまま携帯を閉じ、支払いを済ませた。外に出て、もう一度携帯を開き、画像を眺めた。

笑顔の初津美がいて、その左肩に濁った乳白色がへばり付いている。少なくとも光には見えない。やはり液晶の色味のせいではなさそうだ。

何となく、厭な感じを受けた。

消去してしまおうかと悩んでいると、携帯が震える。

初津美からの電話だった。

『さっきはありがとう。今、家に帰る途中なんだけどね』

話が写真のことに及んだ。

『ああ、あの写真ね、占い師にも見てもらったの。持っておくだけでいいことが起こるらしいよ。だから、送ってみたわけ。メールに書けば良かったね』

曖昧な返事をして、電話を切った。

もう一度写真を表示させる。

やはり、厭な感じが伝わってくる。どことなく不安定な印象があった。気持ちが悪い。どこがどうということではなく、身体が、本能が拒否しているような感じだ。

しかし、消すわけにもいかない。

仕方なく、本体からSDカードに移動しておいた。

アパートに着くなり、着替えもせずにベッドに座った。気力が湧いてこない。初対面の人間に会うと、いつも疲れてしまう。

レジ袋から買った物を取り出していると、ベッドからバッグが落ちた。

バッグの中から無機質な振動音が聞こえる。携帯のバイブだ。着信時の振動でバッグが落ちたのか。そこまで強い振動には設定していないはずだ。

〈ヴーウッ……ヴーウッ……ヴーウッ〉

バッグの隙間から、震える携帯が出てくる。

(振動でこんなに動くんだ。……あっ？　え？)

着信ランプが点いていない。それどころか、サブディスプレイも暗いままだ。

しかし、本体は小刻みに震えている。

恐る恐る携帯を取った。途端に震えが止まった。

メールも電話も入っていなかった。

「壊れたのかなぁ？」

明日、ショップに持って調べてもらうことを決めて、テーブルに置いた。

ほぼ同時に浴室のドアが軋む音を立てた。生木を裂くような音だった。それは何度も繰り返し鳴った。一定の間隔を保って続いている。

こんなことは初めてだ。いったい何が原因だろうか。座り込んだまま様子を窺っていると、ドアの軋みが次第に酷くなってきた。

「え……何？」

いつの間にかドアの前で何かが揺らいでいた。

色はなかった。例えるなら水蒸気が渦巻いているというのか。それか、真水に垂らした砂糖水の広がりを思わせる。

何かを形作るわけでもなく、ただそこに吹き寄せられているようだ。楕円形か。両腕を広げたくらいの幅があり、天井から床まで広がっている。

唖然としている内、その揺らぎはこちらに向けて動き始めた。

床がミリミリと音を立てる。何か重い物が歩いているような雰囲気があった。

揺らぎがすぐそこまでやってきた。

ちゃぶ台を挟んで、こちらを見下ろしているような様子だった。

身体全体が押し潰されるような圧迫感がある。それは大きなバスのすぐ傍に立つような感覚に似ていた。

目の前の現象に対し知識を総動員して解を求めるのだが、納得のいく答えは出ない。

眼前にある理解不能な出来事を唖然と見つめてしまう。

どれくらい睨み合っていたか。

揺らぎが動き出した。

ちゃぶ台を迂回し、浴室から対角線上を結んだ逆の角へ向かって進んでいく。あれよあれよと言う間に部屋の壁を通り抜けていってしまった。そこは通り側に向かう角であった。

せっぱ詰まった気分にはならなかった。

何故か、変なものを見た、程度で終わってしまった。普通なら何らかの感情が湧き出し、逃げだす等するはずだが、それもない。あまりに現実感がなかったからかもしれない。

立ち上がり、揺らぎが抜けていった壁を調べる。

水滴が沢山付いていた。まるで結露したかのようだった。

少し身を引いて全体を眺めて分かった。

天井から床までの高さに水滴が貼り付いている。レモンのような形だった。


翌日、携帯をショップに持っていった。

故障ではないかと訊ねると、点検を行ってくれた。

「どこも故障はないですね。チェックを掛けましたが、異常は見当たりません」

問題がなければ、それはそれで良い。そのまま持って帰った。

その日、何度か携帯を使ったが特に問題はなかった。

夕方、職場の後輩からメールが来た。

『先輩、これ、どう思いますか？』

アクセサリーの画像が添付されていた。色合いやデザインを後輩のイメージに重ね合わせてみる。悪くない感じだ。

似合うんじゃないか、購入すればと返信した。

すぐさまメールが返ってきた。買うことにしたという。

アクセサリーの写真を削除するため、データフォルダを開く。咄嗟に声が出た。

(もうこれは消していいな)

初津美の写真が本体に入っていた。

昨日、確かにSDカードに移動させておいたはずだ。本体内に残っていないこともしっかり確認している。それなのに――。

初津美の写真を開いた。

左肩にへばり付く物が大きくなっていた。

首と肩だけではなく、顔全体にまで浸食が始まっていた。

そして、濁った乳白色ではなくなっていた。

昨日よりも白色に近付いてきていた。が、やはり光には見えなかった。

輝くような透明感はない。不透明な絵の具を無造作に塗ったような雰囲気だ。

後輩の写真と共に、削除を行った。SDカード内にある初津美の写真データもきちんと消した。念入りに何度もチェックしたことは言うまでもない。

それから初津美と会うことはなかった。

親友だったはずなのに、顔を見たいという気持ちにならないのだ。それに向こうからも連絡がない。披露宴など様々な準備で忙しいのだろうと理由を付けて、こちらからコンタクトすることもなかった。

招

披露宴の招待状が届いたのは式の三ヶ月前だった。
例の件もあり、あまり気が進まなかったが出席で返事を出した。
それから数日が過ぎた頃、初津美からメールが来た。

【ありがとう。
出席してくれるんだね。
友人代表挨拶を頼んでいいかな？】

断る理由が見当たらなかった。了承の返事を出すと、すぐさま返信が来た。

【サンキュー。
あ、今月中、一度そっちに泊まりに行っていい？
打ち合わせもあるから、そのときちょっと話そう。
まだ詰めることも多いんだけどね。
ある程度は友人代表挨拶の相談できると思う】

これもまた断る理由がなかったので、渋々彼女の申し出を受け入れた。
泊まりに来るのは、再来週の土曜日と言うことになった。

土曜の夕方、初津美が泊まりに来た。

蒸し暑い日だった。

メニューを何故かよく覚えている。薄切り豚肉と野菜の蒸し物に梅肉タレ、豆腐のサラダだ。それらを食べながら缶チューハイを呑んだ。

「何かさー、いいよね。久しぶりだ、こんなの」

ほろ酔い気分なのか、初津美が相好を崩した。

大体の打ち合わせが済むと、思い出話や最近出会った面白いことに話は変わっていった。とても話が弾んだ。学生時代に戻ったような気分を味わった。先日のことなど忘れてしまうほど楽しかったことは否めない。

「……ありゃ、もうこんな時間だ」

時計を見ると、既に午前二時を回っている。

手早くシャワーを浴び、寝る準備をした。初津美にベッドを使わせ、自分は座布団やバスタオルを被る。

一言二言言葉を交わす内、眠りに落ちてしまった。

そのとき、夢を見た。

狭く、窓がない部屋に眠っている。明かりは天井から下がった白熱球だけだ。

黴臭い煎餅布団はじっとりと湿っており、寝苦しいことこの上なかった。

寝返りを打ちながら、周りに視線を巡らせる。

壁しかなかった。灰色の濃淡でできた世界だった。

〈起きろ！〉

唐突に野太い声が破裂する。

濃い灰色の看守服を着た男達が、四方を囲んでいた。入ってきたことに気付かなかった。

それぞれが彼女の四肢を掴む。帽子を目深に被っているからか、顔は見えない。

何をされるか分からない。夢の中なのに大層焦った。

自分が目を覚ましていることをアピールし、手を離してくれないと起き上がることが困難であることを説明する。

しかし、看守達は聞いていない様子だった。

〈仕方がない。やるぞ〉

看守達が、彼女の手足を絞り上げた。

ゴム紐が千切れるような音が握られていた場所から聞こえる。

肉が爆ぜ、四肢から赤い体液が吹き出した。

激痛という言葉程度では言い表すことができない、絶望的な苦しみが襲いかかってくる。

両手両足を潰された。芋虫のように煎餅布団に転がされる。

〈――まだ、ここがあるな〉

看守の一人が首と顔に手を掛けた。

彼の腕は、何故か四本あった。

顔が絞られた。

骨が軋む。視界が霞んだ。ぼくりと鈍い音が耳の内側に響く。顎の蝶番が壊れたのだろうか。全く口が閉じなくなる。涎も何も流れっぱなしになった。

続いて首が絞められ始めた。

気道が潰され、息が吸えなくなる。

顔全体から何か熱いものを吹き出しているようだった。


「うはぁっ!!」

――ここで目が覚めた。

息が荒い。心臓が早鐘のように鼓動を打つのが自分でも分かった。

起き上がろうとするのだが、身体が動かない。重い。腕も動かし辛い。一体何事だろうか。寝起きと言うこともあって、現状がよく確認できなかった。

「――起きて」

初津美の声が闇に響いた。

彼女が、自分の上に馬乗りになっていた。その両足を使い、腕ごと押さえ込むような形でのし掛かって来ているようだった。

暗いせいで、どんな表情をしているのか分からない。僅かに入る外灯の光で、うっすらとシルエットが浮かび上がる程度だ。

「何？　悪ふざけ？　ねぇ、ちょっ」

「黙れ！」

押し殺しているが、憤りを孕んだ声だった。

「あのね、あたしは、あンたが嫌いだった」

舞台役者のような口調だ。

学生時代、二人が似ていると言われていたこと。

似ているが故に、様々な場面で比べられていたこと。

似ているが故に同じ部分に同様の劣等感があったはずなのに、それを僅かにでも出していないこと。それが余計に自分の抱いていた劣等意識を刺激してきたこと。

ちょっとした仕草や立ち振る舞いが癇に障っていたこと。姿を見ているだけで憎しみしか湧いてこなかったこと。

自分が好きになった相手を奪われたこと。

――ならば、ずっと友達の振りをして、いつか痛い目に遭わせてやろう。

そう思っていたのだと、彼女は吠えた。

「これ分かる?」

両手に持った何かの影が浮かぶ。

「これは鋸。薄刃鋸とか、カッティングソー、って言うんだって。こっちはシュレッダー代わりに使える鋏」

輪郭が歪んだ。多分、嗤っているのだろうか。

シジャクッ、シジャクッ――複雑な音を立て、鋏の影が動いている。

「ねぇ、こいつらで肉を斬ったらなかなか治らないよねぇ」

汗が噴き出す。全力で暴れたら、きっとこの拘束は解けるだろう。しかし、持っている刃物が自分の身に喰い込むのが先かもしれない。

初津美が持つ刃物の影から目が動かせなくなった。視界そのものが狭まり、全身の感覚が鈍くなっていく。

止めて、そう引き攣った声を上げる。初津美の右腕がゆっくりと顔のすぐ左に伸びる。

シジャクッ。鋏の音が左耳に突き刺さる。

枕にしていたクッションが犠牲になったようだ。もしかしたら、髪の一部も切り取られたかもしれない。そんな感触があった。

しかし、この一瞬が勝負だった。

初津美の腕を取った。

相手は慌てて逆の手を伸ばしてくる。それも何とか掴み取り、止めた。鋏に比べたら、鋸のほうがまだ御し易かった。

揉み合う内、何とか相手を押さえつけることができた。

荒い息の下、切れ切れにもう止めてと初津美に言葉を投げかける。

彼女から力が抜けていく。腕の下で震え、小さく嗚咽を漏らしている。

もう抵抗の意志は感じなかった。刃物だけ取り上げ、立ち上がる。

電灯を点けた。

格闘の痕跡。部屋にはあらゆる物が散乱していた。

初津美のほうを振り返った瞬間だった。

「ひっ」

反射的に短く声が漏れる。

荒れた部屋のベッド脇、こちらに足を向けて彼女は仰向けになっていた。腕で顔を隠したまま、しゃくり上げている。

その傍らに添い寝する二つの人影があった。

一人は成人男性で、もう一人は成人女性のようだった。

初津美を真ん中に、川の字で寝そべっている。

男も女もその辺を歩いているような普通の格好だ。共に見覚えはない。

ただし、彼らには両手足が見当たらなかった。

腕は肘、足は膝周辺から色が薄くなり始めていた。そこから先に進むにつれ、まるで空気に混じったように消えている。境界線のようなものや切断面らしきものは見当たらない。

彼等は虚ろな目でこちらを向いている。

少なくとも数分以上見つめ合った。

「——謝らない」

初津美が突然声を出す。

ほぼ同時に男女が初津美の背中の下に吸い込まれ、一瞬の内に姿を消してしまった。

「謝らない」

彼女は平坦な声でもう一度呟いた。

「今日やったことは後悔していない。だって、ずっと思い知らせてやりたかったから。今度あたしは結婚する。あんたよりも早く幸せを掴む。あんたよりもあたしのほうが凄いんだ。偉いんだ。訴えるなら訴えるといい。でも、あたしは幸せになる」

初津美が立ち上がる。その目はまだ怒りに染まっていた。

彼女はさっさと着替えると、まだ夜の明けない街に出ていった。

その姿を見送った後、気が抜けた。脱力感に苛まれ、その場にへたり込む。

鋸と鋏を握ったままであることに気付いたのは、それから随分経ってからだった。

翌日、部屋を片付け、鋸と鋏をコンビニのゴミ箱に棄てた。

その足で神社に行き、御祓いをして貰う。

木製の立派な御札を貰い、部屋の目立たない場所に立てておいた。

御札のおかげなのか、その後、特に悪いことはなかった。

当然と言うべきか、初津美も二度と連絡をしてこなかった。当然、友人代表挨拶も……

いや、出席もするつもりはなくなっているのは当たり前だろう。

ただ、気になることがひとつある。

気が付くと、御札が倒れていることがままあった。

あまりに倒れる回数が多かったので、倒れないよう押しピンと糸でしっかり固定をした。

にも拘わらず、御札は倒れた。

押しピンが抜けていたのでも、糸が切れていたのでもない。

まるですり抜けるように倒れていた。

報

十月頭。

初津美の挙式が取りやめになったことを、共通の友人から知った。

結婚前、九月に入ったとき、蔵前が死んだからだった。

同棲を始めた矢先の出来事だったと、その友人から聞いた。

初津美は死にたい死にたいと連呼し、何度か自殺を図ったとも伝わっている。

蔵前は何故亡くなったのだろうか。

「夜、なんだか気分が悪いからって、早く寝たらしいの。そしたら、朝には冷たくなっていたって……。持病も何もなかったのに」

現在、初津美は実家に戻っているという。

結婚を機にと退社したため、復職もままならない。しかし、それ以前に働くこと自体が今の彼女には無理だろう。

「もうガリガリでさ……。見てらんないよ」

初津美の様子を見に行った友人から伝え聞いた。

ほんの僅かだが、気の毒だと思う気持ちが湧いてくる。あんなことがあったはずなのにも関わらずだ。自分でもおかしい、馬鹿なことだとは思うのだが、まだどこかで彼女を信じているのかもしれない。

しかし、慰めに駆けつけようとは流石に考えられなかった。

十月の半ばを過ぎた。

カレンダーに薄く残った赤い丸。本来なら、今日が初津美の挙式だった。

何となく部屋にいたくなくて、友人と待ち合わせ、外に出た。ひとしきり遊んでから、家にその彼女を招いた。一人になりたくなかった。

「じゃあ、帰るね」

夜も更け、友人が部屋を出ていく。引き留めたい気分だったが、明日の日曜は用事があると聞いている。無理強いは出来なかった。

一人になった部屋は、薄ら寒く、また寂しい空気に満ちていた。

楽な格好に着替え、ベッドに座る。

ハイボールの缶を傾けながら、録画した映画を見るともなく見た。

二缶目のプルトップに指を掛ける。

〈ヴーウッ……ヴーウッ……ヴーウッ〉

充電器のホルダーの上で、携帯が震えている。

着信ランプは点いていなかった。

板の間で砂を踏むような音がした。台所の脇、薄暗い浴室の前から聞こえてくる。

音のほうへ顔を向けると、そこに誰かが座っていた。

膝を揃え、顔を両手で覆っている。前に突っ伏すかのように背中を曲げていた。肩が小刻みに震えている。

着ている物、髪型、そして啜り泣く声から、初津美のように思えた。

〈ううーっ、ふぅうう、ふっ……助けて、助けてよ……〉

水底から届くような、はっきりとしない声だった。

答えずに黙っていると、ずっと同じ文句を繰り返す。携帯はまだ震えていた。

(どこから入ってきたんだろう?)

初津美本人が〈やって来た〉のだと思った。それとも、そう思い込みたかっただけなのか。一番想像したくないことを無意識のうちに除外していたのかもしれなかった。

〈助けてよ……助けて……助けて〉

初津美らしき女は、伏したまま延々と訴えを続けている。

哀れに思う気持ちが勝った。

「……ねぇ、どうしたの……？」
ハイボールをちゃぶ台に起き、声を掛ける。女が泣き止んだ。
背中が震えていた。しかし、それは今までと違う意味の震えだった。
〈うくくくくっ……くくくくくくくっ……うくっ〉
啜り泣く声は、嘲るような笑い声に変わっていた。
女が勢いよく顔を上げた。
顔がなかった。
違う。そうではない。
白い遮蔽物が顔全体を覆っている。
例えるなら、小さな四角いレースカーテンを貼り付けたと言えばいいのか。
目鼻の凹凸が作る陰影だけが確認できるが、それだけだ。
女が初津美であるかどうかも、当然判別が付かない。
全身から血の気が引く思いがする。足が萎え、ベッドから腰を上げることもできない。
女はずっと嗤い続けていた。手を膝の上に揃えて、じっとこちらを向いたまま。
震える携帯のノイズと女の嘲り笑いが重なる。
見たくない、聞きたくない──一瞬目を閉じた。だが、すぐに開けた。

凄まじい不安感が襲ってきたからだ。視界から外せない。
しかし、その一瞬で女は立ち上がっていた。
両腕を下に垂らし、身体を揺らし続けている。
その背丈は冷蔵庫よりも大きい。いや、それではきかない。
天井に頭が当たるほど背が高い。見上げるほどだ。
女はこちらを見下ろし、嗤っていた。
嗤って身体を揺する度に、頭が天井を擦った。
あの砂を踏むような音が、その度に鳴った。
いつしか、女の姿は変わっていた。
頭はそのままだったが、身体部分が大きく変化していた。
服らしきものがなくなっていた。
腕が伸びて膝よりも下に手があった。足が細く枯れ木のようになっていた。
身体は乳房もくびれも何もなく、寸胴になっている。
全身が薄茶色い砂のような艶のない色に変わっていた。
瞬きもせず見上げていると、頭にある単語が浮かんだ。

(——鬼)

角はない。赤くも青くもない。

また、金棒も、虎皮の衣類を身に着けているわけでもない。絵本に載っているようなあの有名なイメージを感じさせる要素は一欠片も存在していなかった。

だのに、ダイレクトに頭に浮かんだ言葉が鬼、だった。

「――鬼」

ひりひりとした喉から、やっと絞り出した一言。

女がぴたりと動きを止めた。

「鬼?」

自問自答のように呟く。

女が踵を返す。

台所と浴室のつなぎ目の角をすり抜けるように外へ出ていった。

いつしか、外は夜明けを迎えていた。

そんなに時間が経っていたとは、全く気が付かなかった。

夢を見ていたのかと、視線を落とす。

ハイボールの缶が二つあった。ひとつは空。もうひとつは既にぬるくなっていた。

台所の天井を見上げると、一部に擦られたような跡が残っていた。

丁度女の頭があった場所だった。

力なく、御札のほうを振り返った。

木製の御札は、粉々に破壊されていた。

＊　＊　＊

吉城さんは別のアパートに移った。

金銭的には大ダメージであったが、仕方がないと思っている。実家は遠く、帰ることも難しい。職を変わろうにも、この時代である。それだけは避けたかった。

今、三ヶ月に一度、御祓いを受けるようにしている。

同じ所だと何となく理由を聞かれそうなので、毎回違う神社を訪ねた。

一社会人として、〈そういったことに頼っている〉のが恥ずかしいのだと彼女は俯く。

そう感じていても、どうしても止められない。

良くないことが頻発しているからだ。

まず小さな怪我が多い。足。そして肩から上に集中している。

更に偏頭痛や肩凝りに悩まされることが増えた。つい最近からだ。

加えて、会社の上司から、理由なきことで嫌われる。また、同僚からも誤解を受け、人間関係に罅が入り始めた。

さらに、家族に金銭トラブルが起こり、貯蓄の一部を切り崩さなければならなくなった。

出会いもなければ、良いことは何ひとつ起こらない。

じわじわと包囲網を狭められているような息苦しさを感じる。追い詰められ、最後は残酷な終わりを迎えるのではないか。

厭な想像だけが独り歩きをしていた。

前向きに生きなくてはいけないと思うのだが、それはそれで難しい。

だから、御祓いに頼っている。


初津美については、偶に耳に入ってくる。

自宅にずっと籠もって、あまり外に出ていないらしい。

友人達も次第に彼女から離れつつあるのか、詳しい消息について聞くことはなくなった。

もうひとつ言うならば——。

今も着信無しで、携帯が震えることがある。

貰ってきた御札の一部が壊されていることもあった。

紙製ならズタズタに裂かれ、木製なら一部が砕かれている。犯人は分からない。鼠等の噛み跡らしきものもない。

加えて、新居の天井板に何かで擦ったような跡が残されているときがある。もちろん、知らぬ間にだ。これも誰の仕業かはっきりしない。


あの〈鬼〉と初津美の夢を偶に見る。

鬼だけのこともあれば、初津美だけのこともある。極稀に同時と言うこともあった。

夢の中でそれぞれが似たことを吐き捨てる。そしていつもいつも同じ台詞で終わった。


〈あンたが、いけないのよ。

いつか、きっと、あンたには〉

――報いが来るわ――。

半生

長谷部秀一さんは、あと数年で定年退職を迎える。
資材管理部の部長職を退くに辺り、後進の育成に余念がない。
「少しは会社に奉仕できたか否か。そこが心配ですが」
自らを根っからの会社人間だと自嘲する。
「だから、家庭を顧みることも本当に少なかった。
でもこうして定年退職を迎えるとなると、何だか張りがなくなったように感じます。
気力が萎えるというのか……まあ、退職だけが理由でもないのですが。
古い時代の人間なんですね、きっと」
そう言って力なく笑った。

結婚

結婚をしたのは二十八歳のときだ。

相手は上司の紹介で出会った三つ下の女性だった。

中流の家庭に育ったせいか、何もかも普通でしかない。

外見も、性格も得に問題はなかった。どちらかというと気の弱い部分が垣間見える程だ。

断る理由もなかったから、そのまま結婚した。

結婚生活も特につつがなく始まっている。

自分の母親——家内にとっては姑である——と同居だったが、上手くやっているようだった。控え目な性格の賜物だろう。

結婚後も会社の付き合いで呑みやゴルフにはよく出かけた。

酒も煙草も、パチンコも遠慮なくやる。妻に気に入らないことがあったらきちんと怒鳴りつけ、膳をひっくり返した。

この辺りは当時の一般的な家庭と変わることがなかったと思う。

結婚して一年経つか経たないくらいの頃のことだ。

「秀一、愛子さんのことなんだけど」

　母親が眉を顰め、吐き捨てるように言う。

「あの人、ちょっとおかしいのじゃない？」

　昼間、よく一人で泣いたり独り言を呟いたりしているという。

　場所は台所か夫婦の部屋が多かった。足を忍ばせ近付くと、ぴたりと声は止む。

　また、何もない中空を見つめ、何かに触れようと腕を動かしていることもあった。

「ほら、精神病とかだったら困るわよ。これから子供ができて、その子に遺伝なんかしたらどうするの？　実家に帰らせるなら今の内じゃない？」

　確かにそれは困るなと考えていた矢先、妻から懐妊の報せがあった。

　母親から聞いた話が頭の隅に引っかかっており、素直に喜べなかった。

「なぁ、愛子。お前、昼間におかしなことをしていると聞いたぞ」

　直接訊いてみるが、きょとんとした顔で小首を傾げる。

「いえ、そんなことはしていないはずですけど……」

「しかし、母さんが見たと言っているが」

　無言で首を振る。普段あまり口答えしない女だ。本当に覚えがないらしい。

　ならいいのだと話を打ち切った。

妊娠後期の頃、妻が病院で倒れたと母親から会社に連絡があった。

駆けつけてみると、妻は青い顔でベッドに寝ている。

「あ。すみません」

身繕いをし、起き上がろうとするのを制止した。

何故倒れたかを医者に聞くと、極度の貧血だったらしい。母子共に問題はないが、ひと晩入院してもらうと告げられた。

病室に戻り、妻に訊ねる。

「なあ、母さんは?」

「いえ、分かりません」

妻は病院で検査待ちをしているときに倒れた。自宅、夫への電話は看護師に頼み、直接の連絡はまだ一度も行っていない。だから、お義母さんの事は分からない、らしい。

それはおかしい。会社には母親から電話が来ている。

(まあ、連絡の行き違いってところだろうな。しかし、母さんは病院へ来ていないのか)

ほんの少し呆れたが、仕方がないことだろう。

要るものが幾つかあったので、自宅へ戻れば鍵が開いている。

「ただいま。母さん？」

返事がない。もしかすると病院へ向かって入れ違ったか。

鍵も掛けずに、全く……文句を零しながら家に入ると、奥のほうで人の気配がする。

母親かと再び呼ばわってみるが、やはり何も返ってこない。

（まさか、泥棒か？）

足音を忍ばせ、廊下を進む。気配は夫婦の部屋から伝わってきた。

襖に僅かな隙間がある。片目を当て、中を覗いた。

そこに母親がいた。

両手を宙に遊ばせている。

涙を流しているものの、うっとりとした表情で何かを追いかけていた。

例えるなら、春の野原で蝶々と戯れているような、そんな様子だった。

〈…………〉

何かを呟いている。聞き取れない。とはいえ、いつまでも自分達の部屋に居させる理由にもならない。襖を開けながら声を掛け、中に飛び込む。

「母さ……あ」

忽然と母親の姿が消えていた。

中から目を離したのはほんの一瞬、襖を開けるために身を引いたときだけだ。
部屋の中をくまなく探したが、何処にも姿はなかった。
押し入れの中も布団や荷物で埋まっている。そして、全ての窓は閉められていた。
目の前で見た物が信じられない。
落ち着こうと居間へ行き、煙草に火を点けた。
最初のひと口を胸一杯に吸い込み、ふと庭に視線を向けた。
土の上に、母親が倒れていた。

救急車で運ばれた母親は、二度と目を覚ますことがなかった。
脳内出血が原因である。
意識が戻ることなく、糸が切れるように息を引き取った。
まだ若かった。
葬儀など全てが終わった後、少し経ってから子供が生まれた。
女の子だった。

新築

　家を建て替えたのは三十代後半辺りだった。

　二階建てにし、小さな庭を設えた。材や造りにも凝ったのでローンも長い。

　正直言って、妻に請われて建て替えたようなものだ。しかし、いざ現物を目の前にするとそれなりの満足感はあった。

　完成したとき、新家屋の披露として宴会を催した。上司や同僚を招待し、存分に酒を呑ませ、家を見てもらった。

「いい家じゃないか。一国一城の主だな」

　上司の一人が褒めてくれた。が、今考えると目が笑っていなかった。彼はまだマイホームという物を持っていなかったのである。

　家が完成して半年ほどは家や庭の手入れをしたが、すぐに飽きた。

　小学生の娘もいて、すぐに傷や汚れが付いていく。幾ら気をつけても止められない。それも家への執着を消していく要因の一つになった。

　自然と仕事や取引先・上司とのゴルフという生活に戻った。

「ねぇ、あなた」

週末の夜、妻がいろいろな注文を付けてきた。

休みは家族サービスしろ、家のこともやってくれ、近所付き合いや近隣の清掃当番も率先して参加しなくては、新しい電化製品を……次から次へと繰り出してくる。

姑がいなくなり、子供が生まれてからの妻は、気弱さがなくなっていた。

「ああ、うん」

面倒くさい。生返事をして、床に潜り込んだ。

疲れているせいか、すぐ眠りに落ちた。

——いでしょう?

声で目が覚めた。多分、妻の声だ。

枕元のランプを点け、隣を振り返る。

妻の寝言だった。

「いいでしょう?」

何かを頼んでいる。

(何だ。夢でも頼み事か。迷惑な)

妻はずっと同じことを繰り返している。偶に寝言を言うことはあったが、今回は酷い。

揺り起こすと止まるが、すぐに寝息が立ち「いいでしょう?」が始まる。

もう眠れない。どうせならビールでも飲もうと、立ち上がったときだった。

「――仏壇、棄てていいでしょう?」

思わず見下ろす。

点けっぱなしだったランプに照らされた妻の顔がこちらを向いていた。

布団から顔の上半分だけを出して、じっと訴えるように見つめている。

「ねぇ、仏壇、棄ててもいいでしょう? ねぇ。仏壇。仏壇、棄ててもいいでしょう?」

瞬きをしていない。

「起きているのか? 何を言っているんだ」

妻は反応しない。ずっと仏壇を棄てていいか訊いてくるだけだ。

「おいッ!」

腰を曲げ、妻の頬を張った瞬間だった。

二階から大きな物音が聞こえ、家全体が震えた。

まるで大きな岩が落ちてきたようだ。

妻のことを放り出し、二階へ駆け上がる。娘の部屋のドアが開いていた。

中に飛び込むとベッドはもぬけの空だ。一体何処へ行ったのか。

また大きな音と振動が走った。今度は階下からだった。

階段から下を見ると、妻がいる。

廊下の上に女座りをして、じっとこちらを見上げていた。駆け下りても視線は変わらない。身体に手を掛け、何をしているんだと揺らすと、はっとした顔になった。

「……え？　え？　え？　え？　何？」

現状を把握していないようだ。

「愛美が居なくなった」それだけ言い、他の部屋を見て回る。後ろから妻が付いてきた。

「居ないって？」

「二階の部屋に居ない」

仏間を開けた。

娘はそこに居た。丁度部屋の角、仏壇の脇だ。

暗がりの中、背中をこちらに向けている。いつもと同じパジャマ姿だった。

「おい、どうしたんだ？」

ほっと胸を撫で下ろし、部屋の外から声を掛ける。娘の肩が僅かに震えたように見えた。

そして、声が響いた。

――イッコク　イチジョウ　ノ　アルジ　ダナ。

中年男の声色だった。

――ネェ　ブツダン　ステテ　イイデショウ？

続くように聞こえたその台詞は娘の声よりずっと幼いもので、たどたどしさがあった。

建屋の至る所から、小さな鳴き声のような軋みが上がり始める。

どこからだ。周りに視線を巡らせていると後ろから聞き覚えのある声がした。

「お父さん、お母さん！」

驚き、振り返る。怯えた顔の娘がいた。何時の間に背後に回り込んだのか。

「お前、あそこに」

指を差しながら部屋の中に目を遣る。が、そこに娘の姿はなかった。

「おかしな音がしたから、今、降りてきたの……」

家中から発される音で地震か何かが起きたのだと思って、怖くなったという。

「さっき部屋まで行ったんだぞ。いなかったじゃないか」

「え？　来なかったよ」

そんなはずはない。それに今の今まで仏間にいたはずだ。どうやって後ろに来たのだ。

一瞬目を離した隙に動いたのか。訊ねても娘は首を傾げるだけだ。

仏間には入っていない。今しがた部屋から出てきた、と。

仏間にいたよな、そう妻にも訊いてみたが「知らない」とだけ繰り返された。話が噛み合わない。しかし、その目は嘘を吐いているもの特有の色が浮かんでいる。幾ら追求しても妻は正直に答えなかった。

娘を挟んだ押し問答の末、結論が出ないまま終わってしまった。

翌朝、新聞にもテレビにも地震の記録はなかった。

その日を境に、ほんの少し妻は気弱な性格に戻ったような気がする。

口煩さもなりを潜めた。

念のため、僧侶を招き、家の中で経を唱えてもらった。御札も頂いておいた。

そのおかげかあの夜と同じようなことは起こらなかった。

数日後、あの「一国一城の主」と言っていた上司が借家の階段を落ち、腰骨を傷めた。骨の一部は潰れたようになり、原形を留めていなかったようだ。

下半身に障害が残ってしまった。

そして、自主退職して会社から消えていった。

勘当

娘、愛美が家を出た。十八歳、短大へ入り立ての頃だった。

「ガッコーを辞めて、歌の世界へ行く」

夢を追うだの何だのと語り、親の言うことを全然聞かない。

「夢を追うなら自力でやれ。親を頼りにするな」

結果、勘当という形になってしまった。

どうせすぐに戻ってくるだろうと高をくくっていた。しかし、娘はいつまでも帰ってこない。妻は娘の行方について方々に訊ね歩いていたようだが、消息不明になった。

知らぬ間に短大退学の手続きも行われていた。

「行方不明者として警察に届けましょうよ……」

妻が懇願するが、断固としてそれをさせなかった。本当は心配で仕方がなかったが、父親の、男としての意地だったのかもしれない。

愛美の部屋は出て行ったときと全く同じにして残した。

愛美が出て行ってから四回目の冬、会社から帰ってきたときだった。

妻が騒がしく玄関まで迎えに出てきた。

「愛美が戻ってきたの！」

驚かせようと考えて、会社へは連絡しなかったのだと笑う。目を下ろすと、若い女性が履くようなデザインの靴があった。

「うん。そうか」わざとゆっくり歩く。

妻は浮き立つように娘を呼び、父親の帰宅を報せながら歩いた。が、居間に入るなり、動きを止める。首を傾げ、娘の名を繰り返した。

見ればテーブルの上には湯気を立てた紅茶のカップが二つ。そして茶菓子や果物が並んでいる。蜜柑が一つ剥かれ、今まさに食べる寸前のように置かれていた。

「愛美！　愛美！　まーちゃん！」

妻が半狂乱で探し回る。自分も玄関まで行ってみた。靴はまだ残っている。

「外へは行っていない。家の中だ」

しかし何処にも姿はない。もう一度妻と玄関へ出た。靴はあった。

ただ、それは古くボロボロのスニーカーに変わっていた。

愛美のだと妻は小さく叫んだ。そのまま玄関に座り込み、そのスニーカーを抱き締める。

「私が買って上げた、出て行ったときに履いていったの！　これ！」

ああ、あの子は死んでしまったのだ、死んで帰ってきたのだ。そう妻は狂ったように泣き叫んだ。妻の様子を茫然として見つめるしかなかった。

一睡もせずに迎えた翌日の朝だった。

朝七時過ぎ、玄関のチャイムが鳴った。妻が泣き腫らした目で玄関に向かう。

「……愛美!」

走り出ると、確かにそこには愛娘がいた。

随分大人になっている。はにかんだような面持ちで落ち着かない様子だ。

「ただいま」

足元を見ると、綺麗な靴を履いている。昨日玄関にあった物にそっくりだった。

娘は履歴書を偽り、寮のある職場を転々としていたようだった。

居酒屋や工場、他いろいろな職種を渡り歩いたらしい。

働けば働くほど親への感謝が芽生えたのだが、照れ臭くてなかなか家へ足が向かなかったと遠回しに言う。

「まあ、無事でよかったじゃないか」

喜びを隠し、それだけを告げた。その横で、妻は泣きながら昨日の話を聞かせた。

「もう、死んだものだと思って……。神様に祈っちゃったのよ。神様、どんな姿、どんな状態でもいい、娘に会わせて下さい、って」

「え？　そんなことがあったの？」

妻の話を聞き、娘は何か心当たりがありそうな顔に変わった。

実は……と、帰ってくるまでの経緯を語り出した。

「家に戻ろうと決めてから、会社を辞めたのね。遠い場所にあったから。で、当然寮にいられなくなったから、ビジネスホテルに何日か泊まったの。だって、改めて考えると家に戻るのは勇気が必要だったし……。踏ん切りが付くまで、結構時間が掛かっちゃった」

そのホテル住まい最後の夜、部屋のベッドでまどろんでいた。

夢を見た。懐かしい我が家の夢だ。

母親が出迎えてくれて、いろいろ出してくれる。紅茶にお菓子に果物。

蜜柑を剝きながら母親を盗み見ると、すっかり皺や白いものが増えている。心配掛けたんだな、悪いことをしていたんだなと心が苦しくなった。

父が帰ってきたと母がいい、玄関へ立ったところで目が覚めた。

「中身だけ先に帰っちゃったのかなぁ」

照れ隠しか、娘が戯けた。

ふと思い出したように妻があのボロボロのスニーカーを持ってくる。

「あ。これ」

確かに娘のものだった。母親に買ってもらい、出て行くときに履いていった。酷使したせいかソールに穴が開いたが棄てられず、ずっと持っていたという。それから何回か職を変えるうち、いつの間にか行方不明になっていた。

靴底を見ると確かに大きな穴が開いていた。


娘は再就職し、再び家から仕事に通うようになった。

あのボロボロのスニーカーは大事に靴箱で保管していた。

しかし、知らない内に姿を消していた。

誰も棄てたりしたような覚えはなかった。

模糊

　娘が結婚する。

　相手は同僚の男性で、実に気持ちのよい、立派な青年だった。既に結納も済ませ、式と披露宴を待つばかりである。

　五月下旬、娘と三人で温泉へ一泊旅行に出かけた。嫁入り前、家族水入らずである。

　食事と酒を楽しんだ後ののんびりした時間、昔話に花が咲き始める。

「お祖母ちゃんも愛美の花嫁姿、見たかっただろうなぁ」

　妻が横で頷く。

「お祖母ちゃんが亡くなって、入れ代わるみたいに愛美が生まれたから」

　家族全員、ほんの少しだけしんみりとなってしまった。

「あ。でも、小さい頃にもう一人のお祖母ちゃんが来てくれてたから。片方だけでも会えたからよかったよ」

　妻と顔を見合わせた。

「もう一人って？」

「ほら、お母さんのほうの……じゃないの？」

娘が訝しげな顔になる。

だが、それはない。妻の母親は結婚する一年前ほどに亡くなっている。大体、娘にはきちんと話して聞かせていたはずだ。それに、妻の実家に行ったことも無数にある。

「お前、思い違いをしているんだよ。他の人じゃないのか？」

「いや、でも。確かそのお祖母ちゃんが亡くなったから、お通夜とか出た記憶があるよ」

会ったのは小学校に上がるか上がらなかったとき。

葬儀があったのは丁度家を建て替えた頃だという。

幼すぎて記憶の混乱があるのだろうか。妻と一緒に首を捻った。

「どんな人だったの？」

「そうだなぁ。痩せていたよ」

全身が細く、鋭い印象の人だった。背は低いが、目に力がある。

髪の毛はそんなに白くなく、肩くらいで切り揃えていた。服は落ち着いた感じのブラウスやカーディガンで、派手さはない。いつも左手に金の時計をしていた。

「それ、母さんじゃないか？」

特徴から言って、長谷部さん自身の母親だ。

写真で見た妻方の母親はふっくらとした柔らかい印象である。

「俺の母さん、お祖母さんの写真、何度か見せたよな？　その人に似てなかったか？　覚えているだろう？」

娘がそう言えばと頷く。

「今考えてみると、似ている……かも」

記憶の齟齬が起こっている。それだけではなく、混乱さえ生じているのか。

「他に何か覚えてないのか？」

「そうだなぁ。その人、とても厳しかった」

忘れた頃にふらりとやってきては、突然怒られた。

勉強しろ、思慮深く生きろ、だらしない人間にはなるな。いつもこれを繰り返された。

確かに母親がよく口にしていた言葉だ。血が冷えていく。

「でも、お父さんとお母さんだって会っているはずだけど」

よく二人の傍にいる姿を見た。後ろで何かをぶつぶつと言っていたことを覚えている。

そして、何故か腕を空中でふらりふらりと泳がせるようなこともやっていた。

ふと記憶が蘇る。娘が生まれる前の出来事。そして、仏間での一件。

これらのことは娘に詳しく話していない。

（一体、何なんだ……）

自分の母親に違いないだろうとは思う。しかし、簡単に信じる気にはならない。何か理由を付けて否定すべきだ。あまりに現実離れしている。

妻を見た。やはり青い顔をしていた。

「……でね、家を建て替えた後かなぁ。その人が外から覗いている訳。また来たんだ、怒られるのかなって厭になってね。でも、無視すると怒られそうだから近付いたの。そしたら、すーっていなくなっちゃった」

その後は一切姿を見せなかった。次の記憶は葬儀の所まで飛んでいる。

念の為、葬儀の様子も聞いた。

お棺の脇に白い百合の花が沢山ある。故人が生前好きだったという塩大福や羊羹、どら焼きが盛られた器が供えられていた。

遺影を見上げると、笑った顔であることだけ分かるが、どうしても細部がぼやけている。

記憶があやふやで、それはまだ子供だったからだ、そう娘は苦笑を浮かべる。

ただ、その様子は母の時とそっくりだ。いや、寸分違わないと言っても構わない。

しかし、娘は参加していない。不可能なのだ。生まれていないのだから。

「遺影と言えば、うちの仏壇、写真ないよね」

娘が疑問の顔を向ける。

確かに我が家の仏壇周辺には遺影などない。

妻が嫌がったからだ。

また妻方の母親の写真も、見ると悲しくなるからと妻が物置の奥へ封じている。

「まあ、それはそれだ。お前の記憶はおかしいぞ」

長谷部さんは娘を窘めた。

いろいろ間違った物が混ざっている。テレビとか映画、漫画のシーンを自分の記憶と間違っているのではないか。それか、別の人のことと勘違いをしているのではないか。

どちらにせよ、何度もお祖母ちゃん――母親のことは教えていたはずだ。

娘は頬を膨らませる。

「でも。だって。お祖母ちゃんだよって、その人が言ったんだもん」

温泉宿の部屋の中、家族全員が青い顔で見つめ合った。

何故か無性に腹が立ち、娘を怒鳴りつけてしまった。

「理性的に考えれば分かるだろう！　辻褄が合わない！　正しくない！　お前はいつからそんなおかしな人間になったんだ!?」

せっかくの家族旅行が、台無しになってしまった。

それから間もなく娘は嫁いだ。

とても幸せな結婚だった。ただ一つ、何年経っても子宝が授からない以外は。

そして孫を抱くことなく、妻が逝った。

一人暮らしになった頃から、長谷部さんは娘と娘の夫とは顔を合わせることが極端に減った。何故か。理由はない。何となく会いたくないだけだ。

極稀に娘と会い、話すことはある。しかし、見る度に老けていく彼女の様子から、もう孫を望むことは難しい事を自然に察してしまう。

もうすぐ定年退職をする。考えてみると趣味もない。

一人残された家で、偶にぼんやり考える。


——退職したら、山に入って、そのまま誰にも知られることなく、死んでしまおうか。

宿題

　弘紀君は夏休みの宿題を全くやっていなかった。

　休みは今日で終わる。慌てて始めたはいいが、終わらない。物理的に無理だ。

「手伝わないぞ」「手伝わないわよ」

　両親が冷たく言い放つ。一人泣きながら続けたが、終わりが見えない。

　絵と工作と絵日記を何とかでっち上げた時点で既に夜になっていた。

　夜中の十二時過ぎ、泣いたのと宿題疲れで気絶するように眠ってしまった。

「朝よー、起きなさい」

　母親の声で目が覚める。目の前にあるのは広げられた宿題達だ。

「……終わらなかっ……あれぇえ？」

　全ての欄が埋まっている。夏休みの友も漢字の書き取りも全てだ。

　確認すると全部自分の字で書かれている。

（眠っている内、自分でやっちゃったのかなぁ？）

　そんなことある訳ない。でも、ラッキーだと思った。

終わったよと両親に見せる。彼らはパラパラと全部めくり確認した。

「うん。終わってる。……でもな、弘紀。こういうものはきちんと予定を立ててだな」

朝から説教されたが、宿題は無事提出できた。


翌日、先生に呼ばれた。

「これ見て」

提出した夏休みの友と書き取りノートだ。

目が飛び出そうになった。

何故か最後の数ページが白紙になっている。書き込んだ跡もない。

「それに、これ」

書き取りノートの一部には漢字ではなく、カタカナがあった。

自分の字ではなかった。

二ページに渡っている。どうも文章になっているような気がしたがカタカナであるせいか上手く読み取れず頭に入ってこない。

「読んで。声に出して」

センセイ　ナンカ　チョロイ　チョロイ……。

頭の中で意味が繋がった。先生に対する悪口しか書いていなかった。

「やるに事欠いて、これ？　罰としてやり直しと追加書き取りね」

先生の目の前でそのページに消しゴムを掛けさせられた。

帰宅後、学校から連絡を受けた親にもこっぴどく怒られた。

お茶の味

真理恵さんは、母親に連れられ祖母の家へ向かった
祖母の家は自然豊かな田舎にある。

高校二年、大事な夏。勉強しなくてはいけないのに、強引に連れて行かれたのだ。

母の言葉を借りるなら「気分転換、気分転換」らしい。

着くなり、祖母が目を丸くした。

「マリエちゃん、ちょっとこっちこんね?」

テーブルに座らせられた。

「ちょっと待ってな」

それから三十分後、祖母がお茶の用意をして現れた。

「あら、お母さん、このお茶美味しい。何処の?」

母親が暢気な声を上げる。

テーブルの茶碗を見ると、そこに三口分ほどのお茶が入っている。

金色をしていた。

誘われるようにお茶に口を付ける。

「……ん？」

味がなかった。

匂いはある。しかし甘味も渋みも何も感じない。熱いことだけが分かる。

しかし止められない。あっという間に茶碗が空になった。

「はい、お代わり」

また少なめのお茶だった。やはり味がない。

ここに来るまでに食べた何かが邪魔をしているのだろうか。しかし刺激の強いものを口にした記憶は全くない。

ただ、お茶に対する欲求は強まる一方だ。たちまち飲み干すと、また注がれた。

今度は茶碗半分だった。

「あ。美味しい……」

三杯目で漸く味が分かった。

甘味が強く、快い苦みと香りがある。口の中に余韻が残り、とても気分が良くなった。

「お祖母ちゃん、ほんとに美味しい」

「そう。それは良かった。三杯でよかったね」

訳の分からないことを言う。

「何のこと？」

訊くと、祖母はにこりと笑っている。誤魔化された感じだ。

その夜はよく眠れた。そして、翌日から体調がとても良くなった。

そう――彼女はここのところずっと体調不良に悩まされていたのだ。

下痢が止まらず、微熱が続く。

病院では原因の確定ができず、疲れやストレスではないかと言われた。

それが、すっかり治ったのである。

帰り道、母親にお茶の話をして、体調が良くなったことを教えた。

「だからお祖母ちゃんの所へ連れて行ったんでしょ？」

母親は呆気に取られた顔で答えた。

「ん？　ううん。お母さん、ほんとにストレス解消って思って」

何も知らなかったようだ。

あれから十数年経つ。

お祖母ちゃんはもういない。
あの美味しかったお茶は幻になった。

記念日の朝に

猛暑が続いていた頃。

朝、廊下に出ると強烈な花と果物の匂いが漂っている。

南国を思わせる匂いだった。

見ると玄関が開いている。暑いからなのか。だが、内側の網戸まで開けているのは困る。

(虫が入るじゃない……)

網戸だけでも閉めておこう、そう考えて玄関に近付く。

カラッ。タン。小気味よい音を立てて、玄関の引き戸が勝手に閉まった。

風の仕業ではない。そもそも風程度で動くようなものでもない。

口を開けたまま立ち尽くしていると、居間から泣き声が聞こえた。

入ると父が母の肩を抱いている。

泣いていたのは母だった。

「どうしたの?」

「いや、何でもないんだ」

父親が視線も合わさずに答えた。

今し方起こったことを話すきっかけを失ってしまった。

その日——終戦記念日から仏壇に飾られた祖父母の写真が姿を消した。

母に理由を訊ねたが、曖昧な返事しか帰ってこなかった。

＊　＊　＊

子のない夫婦がいた。

いつも二人仲が良かった。結婚して長いが、いつも手を繋いで歩く程だった。

十回目の結婚記念日の朝だった。

「あ。待って」

妻が夫の手を握る。愛おしそうに指を絡めて来た。

「おいおい。もう行かなくちゃ」

笑いながら夫は手を離した。

妻は名残り惜しそうな——いや、悲しそうな笑顔を浮かべ、手を振った。

その日、妻が自宅で倒れているのを彼女の母が見つけた。
昏睡状態が続き、そのまま眠るように息を引き取った。
結婚記念日から丁度一週間だった。

十一回目の記念日を共に祝うことは永遠になくなった。
だが、記念日の朝に夫は必ず見えない手で右手を握られるのだという。
広いベッドの中、その手の感触で目が覚める。
握り返すと、僅かに弾力を感じることができる。
暖かく、滑らかで小さな手だと分かるのだ。
妻の手だ、と思う。
涙が流れそうになったとき、手の感触が消える。辛さだけが残った。
妻がいなくなって五年経つ。
今も夫は後妻を貰わない。
毎年の記念日だけを楽しみに生きている。

九

小学校の頃、誰かが言った。

「猫には九つの命があるんだって！　お父さんが教えてくれた」

それを聞いたタツヤが目を輝かせた。

「なら、八回殺せるんだ！」

その日からタツヤは猫を殺して回った。どの猫も当然生き返ることはなかった。

それでもタツヤは猫を殺し続けた。

バットで殴る。石で潰す。袋に入れて自転車で轢く。

死んだ猫を掴み上げて、必ず言う。

「んだよ……九つ目だったのかヨ？」

そんなときの彼は心底残念そうだった。

中学はタツヤと別になった。

噂ではいつまでも猫を殺していたようだった。子猫なら命が九つあるだろうと言って、ナイフで解体さえしていたらしい。

もしかすると、ただ猫が殺したかっただけではないだろうか、とも思う。

九つの命があるということを単なる理由にしていたとしか考えられなかった。


社会人になった頃、同窓会があった。

参加するとタツヤがいない。彼と仲が良かった人間に訊いた。

「――ああ、アイツ。今な」

顔が曇った。口にしたくなさそうな表情だ。無理矢理聞き出した。

「アイツ、今、酷いことになってんだ」

高校卒業前だった。

怪我で右足を失った。続いて左足首もなくなった。

その後、右腕の一部に問題があり、麻痺。まともに動かせなくなった。

右目は弱視になり、見えない。左耳は難聴が悪化し、聞こえなくなった。

腎臓は一つ取られ、胃の一部を切除までしている。

「数年でこれ。だから、人前に出られないんだよ。アイツ」

同窓会は三次会まで続いた。

タツヤの近況を教えてくれた奴が酔った勢いなのか、こんなことを漏らした。

「タツヤ、偶に変なことを口走るんだよなぁ。見舞いに行くとさ」

――あと、ふたつ。あと、ふたつ。

住まう人

新倉知世子さんは、ある会社にパートとして勤めている。

子供の手が離れたので再び働き出したのだ。

「この時代、大変ですからね。夫婦二人で働いても、カツカツ」

自嘲するような顔になる。

そんな彼女の実家は農業の傍ら店を営んでいた。荒物や生活雑貨などを売る店で、田舎によくある形式だったという。

「その頃の話は姉達からよく聞いていました……きれぎれに、ですけれど」

少しずつ、過去を確かめるように話して頂いたのが、この体験談だ。

途中、何度かご姉妹の方達にも確認してもらった部分もある。

大変なご迷惑をお掛けしたことをお詫びしたい。

彼女のご実家――古谷野家の話である。

雇われた人

昭和四十九年。

まだ知世子さんが生まれていない頃だ。

当時の古谷野家は四人家族。父、母、姉二人である。

家は木造二階建てだった。

一階、通りに面した場所が店であり、出入り口は硝子の引き戸になっている。内側にカーテンを引き、夜はそれで中を隠した。

店の床はコンクリートが打たれた簡単な代物で、冬になると冷えが上がってくる。

その奥、会計場所のすぐ後ろが上がり框になっており、畳の部屋があった。そこは居間代わりに使う。その部屋の前、廊下を挟んで二階への階段がある。

部屋と階段の間にある廊下を更に奥へ進むと風呂や便所、台所、六畳の仏間、三畳の部屋が設えてあった。

家族全員、仏間で寝起きをしていた。

二階は四部屋あり、南側に二部屋、北側に二部屋。一部屋は客間で、他は箪笥やその他の物を納めている。行く行くは片付けられ、娘達の部屋になる予定だった。

最初の住み込みを雇ったのは、その昭和四十九年の冬だった。

兼業農家とはいえ、店を家族だけで回すのはなかなか忙しい。店の雑用だけではなく農作業をして貰うため、住み込みの募集を掛けた。

「あのう、すんません……」

張り紙を見てやってきたのは男女二人連れだった。

男は角刈りで一見労務者風、女は大柄で何処か水商売上がりのような風体をしている。二人とも二十代後半から三十代前半だろうか。

どちらも関西の言葉が根底にあるようだが、いろいろな国の訛りが混じり合っていた。

「すまないが、一人なんだよ。募集しているんは。他ァ当たって……」

「いや、何でもしますけェ！　雇ってくらっさい」

男女は座り込むと、土に頭を擦りつけた。

行く所もなければ金もない。ここで住み込みができなければ、餓死か凍死をしてしまう――そう言って二人は頭を上げない。

哀れみを誘う姿にほだされ、何とかなるだろうと雇うことに決めた。

男は安西恵、女は敏枝と言った。夫婦で関西出身。いろいろな所を点々と周っていたようだ。何か深い事情があるらしく、定住出来なかったらしい。

安西は農業で、敏枝は商店のほうで働いてもらった。二人ともよく働き、よく気が付いた。性格も明るく、よく当時の流行歌などを二人で口ずさんでいるのを聞いたことがある。

特に敏枝は店に来る人間に評判が良く、客あしらいも上手かった。

「良い人たちに来てもらったねェ」

よくぞ雇ったものだと家族は喜んでいた。

ただし、四歳になる二女、知香子だけが安西と敏枝を恐れた。

「あのおじちゃん、くさい。おばちゃんはちゃいろい」

どういうことが詳しく訊くが、言葉が出てこないのか要領を得ない。

ただ、臭い、茶色い、怖いとだけ言って泣きじゃくった。

その内、二歳上の長女、知美も同じことを言い出した。

「くさくてきもちわるい。おばちゃんのお顔、ちゃいろのつぶつぶがうねうねしてる」

安西は農作業で汗臭いことはあっても、普段はオーデコロンを振るような洒落者だった。

敏枝に至っては言わずもがなで、肌の手入れや化粧は念入りに行っている。

小さな子供の言うことだ、きっと絵本か何かの影響だろう。そんな風に大人は考えた。

安西夫婦が来て、半年も経った頃だろうか。

夏が近付き、薄着になった。そのとき、安西の襟や袖から鮮やかな墨が覗いた。

「もしかしたら、そういう世界におったんか？」

ちらと訊ねたところ、まあ、はあと曖昧な言葉が返ってくる。どうもその通りのようだ。

この頃、安西と敏枝はおおっぴらに夫婦喧嘩をするようになっていた。敏枝は見た目通り気の強い女だった。二人とも口だけではなく手や足が出た。このときの安西はとても荒々しい口調で、いつもの彼ではないように見えた。

「お父さん、あの二人、辞めてもらわんね？」

母親は不安だった。安西は元が堅気ではない。敏枝も似たようなものだろう。いつか何かの問題に巻き込まれないとも言い切れない。それに子供が二人いる。悪影響を及ぼさないかと心配だった。

父親もそれには同意せざる得なかった。

それに、ここ最近店や家の物や金がなくなることが頻発していた。

証拠はなかったが、どうも安西夫婦の仕業のようだった。

「すまんが、今月までで辞めてくれんね」

安西は拍子抜けするほどあっさりと承諾した。

ただ敏枝だけが騒ぎ続けた。

立ち去る間際、汚く心ない言葉さえ投げ付けてきた。これまでの恩を全て忘れたような、みっともない去り際だった。

出て行く二人に向け、父親は塩を撒いたという。

安西夫婦が居なくなった二年後、三女である知世子さんが生まれた。

三人目で初めての難産となった。生まれたとき、なかなか産声を上げなかったと聞く。

ギリギリのところで生を受けた子供だった。

新しい人

安西達を皺にしてからは家族だけで農業をし、店を回していた。

人を雇うことに、何となく嫌気が差していたのだ。

しかし、知世子さんが生まれてからはそうも言っていられなくなった。

身体が弱く、何かと手が掛かる子だったのである。


新しくやってきた住み込みは、若い女だった。

二十三歳、小柄で真面目そうだ。

離婚し、実家にも帰ることができない身の上だと、そんな風に泣く。

簿記検定を取っていたこともあり、採用になった。

女は川東清美と名乗った。

清美は小心者だったが、その分真面目な仕事ぶりだった。上の娘二人もよく懐いている。

知世子もよく笑っていたから嫌いではないのだろう。

彼女を雇ってから瞬く間に三ヶ月が過ぎた。

「あの……大変申し上げにくいことですが」

暇が欲しいと清美が小さな声で言う。どうしてか理由を訊くが、何も答えない。じっと下を向いて口を噤んでいる

「黙っていたら分からん。何か理由があるのか？」

暫く沈黙が続き、漸く答えが返ってきた。

「……あの部屋にはもう居たくないんです」

住み込みの部屋は二階の南東角にある。

押し入れ付きの四畳半で日当たりや風通しも良い。娘達の部屋にと考えていた場所を使わせていたのだから、文句が出ようはずもない。

何故なのだろう。追求していけば、彼女は観念したように答えた。

「これ、です」

清美が袖を捲り上げ、上膊を晒した。

赤い点が無数に広がっている。大きさはまちまちだが、一見して虫の被害だと分かった。

南京虫（トコジラミ）に違いない。

しかしこの家では見たことがない。家族に刺された者も皆無だ。

「なら、虫を駆除するから、もうちょっと頑張ったら？」

清美は素早く頭を振った。

「違うんです。虫だけじゃないんです」

　このところ、夜中に聞こえるおかしな物音で目が覚める。

　丸めた紙を幾つか畳の上で転がすような音だ。押し入れ側、頭のすぐ近くから聞こえる。

　手を伸ばせばすぐに届くような距離だ。

　目を開け、そちらに視線を向ける。

　暗い畳の上に、白い物が二つ揃って置いてある。

　ズックの靴のように見えた。

　何故こんな物がと目を凝らすが、細部が滲んでいてよく分からない。

　右手を伸ばす。

　その手を誰かに掴まれる。

　白い手だ。手首を強く握りしめている。突然のことに声も出ない。

　手の持ち主を目で辿る。腕は、肘から先しかなかった。

　全身が汗みずくになる。

　まさかと思う。夢、或いは幻だろうか。もう一度掴まれた手首を凝視する。

〈それ〉が手なのか分からなくなっていた。

　既に原形はなく、薄ぼやけた白い物が絡み付いているだけだ。

しかし、握られている感触だけはある。

振り払おうとしたとき、肩から肘に掛けて激痛が走った。

白っぽく、大きな虱のような物がみっしりと肌を覆っていた。

払い除けようとした左腕にも同じ痛みが走った。

叫びかけたとき、ふと思い出す。ここは雇い主の家だ。騒ぎを起こすのは駄目だ、迷惑だ、きっと辞めさせられて追い出される、そう考えた。

我慢し、左手で右腕の虫を払った——しかし、それらしい感触がない。

確かめる。もう一匹もいなかった。手首を掴んでいた何かもいつの間にか消えていた。

ただ、痒みと痛みだけが残っている。

灯りを点けることも迷惑になるとじっと朝まで耐えた。

朝の光の中、腕を見ると赤い点々が広がっていた。

「これが何日かあったんです。その度に我慢していました。でも、もう」

耐えられないと清美は泣いた。

「そんな……。気のせいとか夢やろ。虫がおって、噛まれて、夢を見たのじゃないか」

「……違います。ずっと同じものが、何度も何度も繰り返し」

引き留めることはできなかった。

出て行く清美を見送りながら、娘達は泣いた。
知世子だけは何か分からず笑っていた。
清美が住んでいた部屋は綺麗に掃除を行った。
母が隅々まできちんと拭き清めたが、南京虫の死骸一つ見当たらなかった。
（そういえば、南京虫は白やなく、茶色かったなぁ……）
ふと思い出したが、そのまま疑念を頭から振り払った。

通いの人

住み込み募集は止めた。

通いができて、きちんとした身元の人物に絞ろうと考えたのだ。

できれば心身共に健康なほうがよい。

とはいえ、身元に関しては履歴書というものしかない。偽造されればそれまでだ。

そこで、近隣の住民からの紹介を頼ることにした。

「いい人いたら、頼むよ。できれば女性がいいんだが」

一部の田畑を手放したせいで、農家よりも店のほうを重んじるようになっていた。

数ヶ月待った後、漸く一人の女性が見つかった。

近くに住む某家主人からの紹介だ。彼の友人の娘だった。

「父親が役場勤めでねェ。いい子なんだ。本当に」

少し遠いが通いもできるということで、一度会ってみることを決めた。

「初めまして、伊南史子です」

二十六歳。しっかりした受け答えをする。闊達な性格のようだ。健康的で、笑うと笑窪ができる。人好きのする雰囲気を纏っていた。

珠算や簿記などの資格はないが、おいおい取っていくと前向きさを見せる。

試用期間を三ヶ月と決め、雇うことを決めた。

働き出してから、史子がとても良い人材だと分かった。向上心と仕事への姿勢、そして人間としても素晴らしい。

家族全員、史子に対し好ましく感じていた。


試用期間が終わる頃だった。

史子の体調が著しく悪くなった。顔は青ざめ、見るからに不調であることが知れる。訊くと頭痛や微熱が続いているという。

仕事も休みがちになってしまった。

「あの、頑張り屋の史ちゃんがねぇ。悪い病気やなければいいのだけど」

母親の言葉に父親も頷く。しかし、なかなか良くならなかった。

三日ほど休んだある日、復帰した彼女から報告があった。病院には掛かっているが、どうも酷い貧血らしい。家族全員が心配したが、どうしようもなかった。

本採用になり、更に数ヶ月が過ぎた。

その日は朝から冷たい雨が降っていた。

母親と史子の二人で店に出ている。上の子達は学校へ、知世子はすぐ近く、上がり框傍の部屋へ連れてきていた。店を史子に任せ、母親はその部屋で知世子の世話をしていた。

ふと見ると、売り物の整理をしていた史子の顔色が土気色になっている。

「ちょっと早いけど、休んでおいで」

昼になる三十分前、見るに見かねて休憩するよう促した。史子はすまなそうな様子で頭を下げ、店の奥へ入っていく。台所の横にある部屋が休憩室になっていた。

壁時計の金が一回鳴った。昼休みの時間が終わる。

しかし、史子は奥からやってこない。

「史ちゃん、そろそろ……」

母親が奥の部屋を覗いたが、姿がなかった。上がり框にあるはずの履物も見えない。ついさっきまであったはずだ。確かに黒い靴を見ている。

外なのか、知世子を抱いて表へ出てみるが、姿がない。

そのとき、ふと視線を感じた。と、同時に知世子が上を指さしている。

見上げると二階の部屋の窓が開いていた。しかし誰も居ない。

南東の角、元住み込みのための部屋だった。今は空き部屋になっている。

（雨だから、窓を開けてなかったはずなのに）

ふと何かを感じ、二階へ駆け上がる。

「……入るよ」一応声を掛けてから、襖を開ける。

ガランとした部屋に、史子がいた。

足を崩して力なく座っている。目に光がなく、生気を感じない。上の白いシャツに血が点々と滲んでいる。

左手の指先が血に染まっていた。

右手は畳を摘んでは千切ろうとしている。

「史ちゃん！」

肩を揺らすと目がこちらへ動いた。

「……あー」力ない声はまるで赤ん坊のようだ。何度も何度も声を掛ける内、漸く目に光が戻ってきた。

「あたし」

史子は自分の左手を顔の前へ持ってきた。

指先から赤いものが流れていた。人差し指、中指、小指の爪がなくなっている。

シャツの他、畳、そして史子のスカートで隠れた部分まで血で汚れていた。何かの拍子に触れたのであろう。手当てしながらふと視線を上げると、窓の桟に何かが挟まっていた。

三枚の爪だった。


「よく、分からないんです」

彼女は休憩に入った後、休憩部屋に伏せてしまった。

気分が悪い。全身から力が抜ける。

午後は早退かな——そう考えたところまで覚えている。そこからは記憶が欠落していた。

休憩部屋から出て二階へ行くには、一度店内から見える位置まで出てこないと無理だ。

他、休憩部屋の窓から外へ出て、外壁をよじ登る方法か。しかし登るための足がかりなど一切ない。女の腕で上るのは不可能だろう。

議論を繰り返す内、史子の顔色が青白く変わってきた。息も荒く、汗が滲んでいる。

「もう帰りなさい。ほら」

促す。彼女が上がり框に力なく座った。

「——靴。何処にやりましたっけ?」

そうだ。靴がなくなっていたのだ。

靴を取るにも上がり框まで出てこなければならない。しかし、その姿を見た覚えは全くなかった。
売り物から一足の突っ掛けを手渡し、家へ帰らせた。
翌日から彼女は入院となった。精密検査を受けるためだと聞いた。
十日ほど過ぎて、退職届が郵便で届いた。
一身上の都合により、とあったがその脇に小さく、震える文字で付け足されている。
〈血の病気でした。治るか分かりません〉

史子が辞めてから二週間ほど過ぎた頃、なくなった彼女の靴が見つかった。
何故か、ぽつんと上がり框の所に置いてあった。
黒く光っており、汚れも傷もない。磨き上げられたばかりのようだ。
きちんと揃えられた爪先は休憩室――家の中――を向いている。
まるで、上がり込んだ直後のような雰囲気があった。

その後の史子について訊いたが、途中までしか分からない。
遠く離れた場所で療養していると聞いただけだ。

向こうの人

それから何年も経ち、店を閉めることになった。

丁度知世子が小学校を卒業したくらいである。

近隣に大型のスーパーが建ち、売り上げが激減したことによる。

父親は電器部品の工場へ、母親も食品関係の店へ働きに出ることになった。

既に農作物だけでは生活できなくなっていたのである。

店の在庫を抱えていても仕方がないので、安値で放出した。そのおかげか閉店までの一週間はとても客足が多かった。

家族総出で働いたことを今も覚えている。


日曜日の昼過ぎ、店を完全に閉めた。

家族はそれぞれ何かの用事で何処かへ出かけている。

夕方、知世子は一人で上がり框に腰掛け、ぼんやりと店内を見つめていた。

ガランとしており寒々しい。通りに面したアルミサッシは閉じられ、薄い青色のカーテンが掛けられていた。以前は客の出入り口だった所だ。

（あれ？　お客さんかな？）

カーテンの向こう側に、人影が見えた。

大人の男女二人だとすぐに分かった。店がなくなったことを知らないのだろうか。

女の腕が動いた。サッシを叩いているようだ。しかし、音が聞こえない。

叩かれる度にカーテンが波打った。女のいる場所を中心にして、左右にさーっと動く。

男は何もせずにただ立っていた。

（声ぐらい掛ければいいのに）

立ち上がりかけたとき、男女は何処かへ去っていった。

腰を下ろし直すと、今度は歌が聞こえてきた。

知らない歌だった。今思うと演歌かムード歌謡だったように思う。祭りの日、遠くで鳴っているスピーカーの音を聞いているような気分になる。

催し物か何かあっただろうか。耳を澄ますと段々と音が明瞭になっていく。

歌は伴奏などなく、声だけだ。

二階に続く階段の上から聞こえるような気がする。外の音が窓から入ってきて、階段を伝ってきているのだろうか。

ふと肌寒くなった。二階の窓を閉めたほうがよいようだ。

腰を上げかけるのと同時に、出入り口のカーテンに再び男女の影が射した。

(戻ってきたんだ)

サッシを開けようか。一歩踏み出した瞬間、不意に影が消えた。

急にしゃがみ込んだのでもなさそうだった。一瞬でなくなった、そんな感じだ。

思わず立ち止まる。一体何だろうか、逡巡しているとサッシが開いた。

「ただいま」

父母と姉二人だった。

家族の影はカーテンに映っていなかった。

考えてみればそうだ。ずっと前に外が薄暗くなってきて、蛍光灯を点けた覚えがある。

だから、外からの影があんなにはっきり差す訳がない。

「どうした?」

父親が訝しげな顔で訊ねる。

今し方あったことを説明する内、歌が止んでいることに気が付いた。母親と二階へ上がるが、窓は全て閉まっている。

「暗くなってきたから、何か怖ーなったんやねぇ」

軽口の割に、姉達の顔は硬い表情だった。

自分も、さっき見た物、聞いた物に震えが止まらなかった。
父親と母親だけが真剣な顔でカーテンの向こうを見つめていた。

望む人

知世子が大学進学で家を出るまで、おかしなことは起こらなかったように思う。家鳴りが酷かったくらいだ。それも家の老朽化に理由を見いだせる類の物だろう。他には何もなかった。

大学一年の正月、実家に帰省中だった。姉達は今年帰ってこなかった。

「建て替えしないといかんなぁ」

夕食のとき、父親がそんなことを呟く。母親も頷いていた。

「そんなんせんでいいと思うけど?」

姉二人は自活しているし、自分も大学近くでアパート暮らしだ。家にいるのは父母二人である。建て替えたところであまり意味はない。そう意見すれば、父は言い返してきた。

「阿呆。この家、最近隙間だらけで寒いんぞ。儂ら死んでしまうわ」

冗談めかして言う割に、父の目は笑っていなかった。

——どうしても建て替えたい。

そんな強い意志すら感じる。そこが引っかかる。

「先立つもん、ないでしょ。無理にしなくていいんじゃないの?」

そんな風に話を続けてみた。それはそうだがと、父親も母親も口籠る。

「改修くらいでどうなの？　それにウチは部屋沢山あるし。二階だって空き部屋が」

そこまで言ったとき、ふと昔から抱いていた疑問を思い出した。

「ねぇ、何であの部屋使わないの？　二階の南側の」

店を辞める前から二階のあそこは空き部屋だった。

住み込みを雇っていた時代があって、その人たちの部屋だったと聞いたことはある。その後は使っていない。物すら置いていなかった。

大体、自分達三人姉妹は北側の二部屋を使っていた。確か一番上の姉があの部屋か客間を使わせてくれと直談判した覚えもある。しかし、決して許して貰えなかったのだ。

そこは日当たりも風通しも良い。畳だって毎年入れ替えていた。何も問題はなかった。

「何か欠陥とかあるの？」

再び訊ねる。母親は席を立つ。父親が吐き捨てた。

「……あの部屋、〈腐っている〉から使えないんじゃ」

だから、と続ける。

「家そのものを建て替えてしまうのが一番手っ取り早い。儂の知り合いが安うで設計して、建ててくれる。足りない分は土地を売ればええ。今より小さい平屋にする」

絶対に二階建てにはしないらしい。どうせお前ら娘は嫁いでしまうのだから、小さくていいんだとわざとらしく付け足し、乾いた笑い声を上げる。

両親の意志は硬かった。


翌日、明るい時間に二階へ上がってみた。

問題の部屋の前に立つ。

出入り口の襖は真新しい。いつ入れ替えたのだろうか。

襖を開け、中を覗く。真っ正面にアルミサッシの窓がある。燦々と冬の日差しが差し込んでいた。カーテンは閉まっていない。いや、カーテンそのものがない。

年末に取り替えられたばかりなのか、畳は青々と真新しい。藺草の匂いが充満している。

右手にある押し入れは二枚の襖できっちり閉められていた。

どこが腐った部屋なのか。首を傾げながら、ふと気付く。

（……こんなんだったっけ？）

子供の頃から家を出るときまでを思い出した。何となく以前と違う感じがする
一歩足を踏み入れてみても違和感しかない。例えるなら、物件探しで見知らぬアパートの部屋を見て回っていたときの感覚だ。

窓に近付き、その枠に手を掛けた。

幼いときの記憶が微かに蘇る。

（ここ、サッシじゃなかったはず）

木枠の窓で、開け閉めが面倒だと誰かが言っていた。それは誰だったか。父、母、姉。

違う、他の人だ。大人の女の人だったと思う。家族ではない。住み込みの人かもしれない。

しかし、それが誰なのか思い出せない。

（いつ、サッシに換えたのだろう）

父母に訊くしかない。階下へ降りようと振り返る。

知らぬ間に押し入れの襖が開いているのが目に入った。

中が丸見えになっている。何も納められていない。がらんどうだ。上下の仕切りがある
が、どちらも空けられている。

近付いてみるが、内部に塵一つ落ちていない。しゃがんで下の段も覗いてみる。

一番奥に何かがあった。小さな物だ。影になった場所でよく分からない。

胴がくびれた小さな瓶だろうか。それが透明なのか、色つきなのかさえ判別できない。

香水の瓶のようでもあり、また違うような気がした。

手が届かない。一旦場所を変え、逆の襖を開ける。そしてもう一度しゃがんだ。

「ない」

少し目を離していただけなのに瓶はなくなっていた。暗がりだから見間違えたのか。

「知世子ー」

階下から呼ばれた。はっと我に返った。

「知世子ー」

慌てて階段を下りる。

父母は炬燵に入り、テレビを見ていた。

「呼んだ？　何？」

母親がこちらを振り返る。解せないといった顔だ。

「呼んでないけど？　ねぇ、お父さん」

父親も頷いた。

じゃあ、あれは誰の声なのか。女だった。母親の声に似ていたか？　いや、よく考えると全く違う。知らない、覚えのない声だった。

全身を寒気が襲う。

慌てて炬燵に入ったが、なかなか暖まらなかった。

二階のことは何も訊かずにアパートに戻った。
それから数ヶ月後、実家の立て直しが決まったことを知った。

語る人

立て直された実家は平屋だった。

これまでと全く違う印象の造りだ。

部屋数は五つで、広めのリビングがあった。外光を余分に取り入れられるせいか、とても明るい印象のある家になっている。

「店だった場所も部屋にしたからな。広いだろう」

父親が笑う。確かに広々としていた。大きめのリビングは、将来のためらしい。婿や孫が増えるだろうから。そういうのは母親だ。

父母と家の中を見て回りながら、ふとあのことを思い出す。

カーテンの向こうにあった影。二階からの声。あの使われなかった部屋。

自然と口を突いて出た。

「二階、作らなかったんだね」

父母の顔が一瞬強張ったように思えた。が、すぐに笑顔に戻った。

「これから上り下りがし辛くなる歳になるからな」

確かにそうだと納得する反面、何処か違和感を覚えずにいられない。

この歳で家を建て替えたこともそうだが、その建て替え自体、あまりに急ぎすぎていたような気がする。

「建て替え、結構急だったよね？　何か――急ぐような理由があったの？」

「そうか？　急いだように、儂ら思わんけれど」

幾つか質問を重ねたが、答えを得ることはできなかった。

母親が不自然な間で割って入ってくる。

「明日、お姉ちゃん達も帰ってくるらしいわ」

話題を変えざる得なかった。


翌日、姉達が帰省してきた。

二人とも社会に出ている。少し会わない間に印象が少し変わっていた。落ち着いた感じ、とでも言えばいいだろうか。

その夜は、姉妹三人川の字になって布団に入った。

「ちーちゃん、学校どうなの？」

一番上の知美がのんびりとした口調で訊く。ちーちゃんとは知世子さんのことだ。

「ちーちゃんは頑張り屋さんだから、大丈夫だよ」

きっぱりとした口調なのは知香子だ。たわいもない話をしながら、声を殺して笑い合った。昔と少しも変わらない。

「あのさ、知美ねぇちゃん、知香ねぇちゃん……」

建て替え前にあった出来事をできるだけ客観的に話してみた。姉二人の率直な意見が聞きたかったからだ。

話し終えた後、少しの沈黙があった。

知美が口を開く。

「それ、多分、二階で変なことがよくあったからだと思う」

六歳の頃、最初の住み込みがいなくなった。その後から、家の中で異変が続いたらしい。例えば、変な声や気配であった。まだ小さかった知美、知香子の二人はそれが怖くて仕方がなかった。毎日のように父母へ泣きついていた。

「ちーちゃんが生まれたくらいから一度なくなったんだよね、確か」

知香子の言葉に知美が相槌を打つ。

「そうそう。まだ小さかったからはっきりした記憶じゃないんだけどね」

「その後、二階の部屋を使うようになったじゃない？　その頃はなんともなくなっていたから、大丈夫だったんだけど」

昔の話は全く聞いていない。必死に記憶を探ってみる。が、覚えは微塵もなかった。

ただ、あることを思い出した。

時々、父母の様子がおかしかったことを。それは二人が二階から下りてきたとき、或いは二階の〈あの部屋〉から出てきたときが多かった。

じゃれつこうと思っても、その表情から「今、それをしてはいけない」ことが分かるほど異様な雰囲気が醸し出されていた。

「うーん。もしかするとあのときかなぁ」

知美が口を開いた。

「ちーちゃんが小学六年の頃さ、店を閉めてからちょっと変なことがあったじゃない。それからまた何かあったみたいっていうのは知っていたの。私も少し心当たりあるし。でも、詳しいことは分からないんだよね。お父さんとお母さんが何も言わなかったからだけど」

知香子が同意する。

「ああ。そうかもね。で、また何にも起こらなくなって。その頃かな。お姉ちゃんが〈客間を使わせろ〉って言ったのは」

ここも記憶が違う。姉は客間か元住み込み部屋を使わせて欲しいと言っていたはずだ。

「ううん。だって厭じゃない？　それに使わせてって言えなかったもん。お父さん、あまり出入りするな、って言っていたし。だから客間をって頼んだんだけど、流石にそれも許されなかった」

　自分だけ知らないことがある。ショックだった。

「やっぱり、何かあったから建て替えたのかな。明日、訊いてみるか」

　知香子の言葉に、知美が釘を刺した。

「止めなさいよ。お父さんもお母さんも何も言わないでしょ。多分、きっと私達には言えないこととか言いたくないことがあるんだよ」

　寝よう。そんな風に知美が呟いた瞬間、天井から音が聞こえた。

　丸めた紙屑が風で転がるような音だ。

　それが天井裏を這いずり回るような音へと突然変わった。

　ザーッ、ザーッ、ザーッ、ザーッ……畳の上を掌で大きく撫でさするような音だった。

　跪いた女が上体を倒し、両腕を一杯に使って畳を撫でる。そんなイメージが湧く。

「女?」

　知香子が掠れた声を上げる。

　音が止まった。

　息を呑んだまま、じっと耳を澄ます。物音は一際せず、静かなままだった。

「知香ねぇちゃん、女、って」

　何故、そんなことを口走ったのか。当然の疑問を口にする。

「……正座した女がね、お辞儀した状態でザサーッザザーッ、って手を動かして音を立ててる、そんな想像が頭に浮かんだの」

　知加子が語る内容は自分のイメージとそっくりだった。

「知美ねぇちゃ……」

「言わないで、ちーちゃん。ごめん。もう黙って寝よう」

　それ以上誰も何ひとつ口を開かなかった。

　夜が白む頃、漸く眠りに就くことが出来た。

　――が、姉二人に無理矢理起こされた。霞んだ目で時計を見ると朝の八時前だ。

「ちーちゃん、魘されていたから」

「ちーちゃん、変な寝言を言っていたから」

　どんな寝言かは教えてくれなかった。

　寝不足で怠い身体のまま、リビングへ行く。

　既に父母は起きていた。朝食の用意はまだされていなかった。

「あ。もう起きてきたの？　御飯用意しなくちゃ」

そう言って立ち上がった母親の目は真っ赤だった。新聞を読む父親の目も充血している。まるでひと晩眠れなかったような顔をしていた。

その夜まで実家に泊まった。

幸い、何も起こらなかった。

住まう人

知世子は社会に出た。

ある会社の経理部に所属したのだ。

忙しい最中、あるきっかけで出会った男性と恋に落ち、結婚した。二十七歳のときだ。

会社を辞め、専業主婦となった。その頃は上の姉二人も家庭に入っており、それぞれ子供が一人ずついた。

順風満帆、幸せな日々だった——かに思えた。

突然上の姉に病気が発覚してしまった。これからも長く治療が必要な病だった。

ほぼ同時期に、下の姉の子供が発育不全であることが分かった。

加えて、田舎の父母も体調不良で常に病院に掛かっているようだ。

辛うじて、と言うべきか。自分の家庭はさほど悪いこともない。普通の暮らしだった。

だが、家族それぞれの家では医療費や他の避けることのできない出費が嵩み始めている。

経済的な余裕がなくなるのは時間の問題だろう。

心配であったが、助け合う余裕は僅かしかない。焼け石に水のような援助しかできない自分が腹立たしかったという。

その内、父が大怪我を負った。

つまらない用事で家の屋根に登ったとき、足を滑らせ落下したのだ。実は丁度その場に居合わせた。すぐに病院へ連れて行ったが、肋と足が折れていた。

入院したものの、思ったより長期となった。

肋骨は元より、足腰の衰えが衰弱に拍車を掛けたことはほぼ確実だろう。

痴呆が入り始め、半年後に呼吸器系の疾患を引き起こし、息を引き取った。

葬儀を行う間、母は茫然自失のまま何も出来なかった。

父の死から丁度一年後、後を追いかけるように母親も亡くなった。

食事をあまり摂らず、酒浸りだったらしい。たった一人、家の中で泣き続けた挙げ句、酒に走ったのだろうか。誰も止めるものが居なかった。

それは、緩やかな自殺とも言えた。

母親の通夜、お棺の前で姉二人と語り合う機会があった。

二人の家庭も夫や相手の親族と喧嘩が絶えず、あまりよい状態ではないようだ。

「ちーちゃん……何だか良くないことが続くよね」

力なく言うのは長女の知美だ。泣き腫らした目はどろりと濁っていた。

「そうだよね。これからどうしたらいいのか、よく分かんなくなってきた」

溜め息を吐きながら次女、知香子が疲れた様子で自分の両掌を見つめている。その姿がやけに印象に残った。

正直、掛ける言葉が見つからない。

黙っていると、知美がぽつりと漏らした。

「――祟られているのかもね」

あの住み込み達から。そう付け加える。

下の姉が続けた。

「ウチで働いた人は碌なことになっていないし」

生きていた頃の父母から思い出話としてぽつりぽつりと聞いていたから知っていた。それに、いろいろな〈事〉があったのも分かっている。

確かにそうかなと自分でも納得しかけた。

しかし、認めてしまうこと、それが厭だった。

そんなことをしたら、もっと悪い方向へ進んでしまうのではないか。

一種の恐れが頭に擡げたのだ。

「違うんじゃないかなぁ……。あまり悪いことを考えるといけないよ」

否定してみるが、姉達は首を縦に振らない。

「ちーちゃんは知らないのよぉ」

上の姉が空ろな目で続けた。

「最初の住み込み。あのとき、女の方がこんなことを言っていたんだよ」

辞めさせられ、出て行くときだ。

女は最後、ドスの利いた声でこんな言葉を吐き捨てたと口まねしながら教えてくれた。

〈戻ってくる。絶対戻ってくる……何ぞされても文句を言うな〉


その姉の言葉が終わるか終わらない内に、家が大きく軋み出す。

立木を無理矢理叩き割るような音に、全員が飛び上がった。

それから姉達はずっと黙り込んだままだった。


母の葬儀が終わり、瞬く間に一年が経った。

実家と土地の処分も終わり、それぞれの形見分けも無事に済んだ。

姉達の家庭に若干の好転が見られ始めていた。完全に解決したわけでもなく、また根の深い問題は残っているが、前よりはマシになっているようだ。

知世子さんの子供も無事に育ち、保育園へ通い始めた。とほぼ同時に外へ働きに出るようにした。その矢先のことだった。

夜、眠っていた娘が魘され始めた。彼女はおかしな声を上げる。

「うー……ボォボドッデグィタッタ……ボゴルバ……ボバエ……ダッダ」

意味不明の寝言だ。何処か関西弁のような響きがある。

驚いていると、横で夫が笑う。

「おいおい、これ、お前にそっくりだぞ」

偶にこれに似た寝言を言うらしい。それもかなり大きな声で。

そのせいで何回か起こされたことがあったようだ。

初めて聞いた。全く知らなかった。

「流石親子というのか、こんなところまで似ているもんなんだな」

苦笑する夫を尻目に、何故か〈ある〉話を思い出していた。

それは、母の葬儀が終わって少し経ったときに聞いた、下の姉の話だった。

「お姉ちゃん、通夜のとき〈祟りだ〉って言ったでしょ？　なんでかって言うとね……」

上の姉二人は、父母に対しあの不審な出来事について追及したことがあった。
この家には、何かあるのではないか？　それには原因が存在するのではないか？
父母は明らかに答えをはぐらかそうという態度だった。
しつこく食い下がった。
攻防は何時間かかっただろうか。渋々、最初の住み込みが……とお父さんが口を割る。
そこで例の〈戻ってくる〉という捨て台詞を聞いた。
ただ、お父さんはこうも付け加えた。
〈まあ、それもこれも、こじつけに近いかもしらんが〉。
両親が、そのことを信じない、信じたくないことは明白だった。
下の姉がじっとこちらの目を見つめる。父親はこうも言っていたようだ。
〈知世子にだけは絶対に詳しい話をするな〉。
何故？　と当然訊き返した。
〈――あいつは知らなくていいんだ〉。そう両親は姉達に口走ったという。
言葉を継ぐことができない。数秒の間が訪れた。
「……だから、知世子はこれも知らないと思うけど」
後年、再び異変が起こったようだ。父母の体調が悪くなった頃だ。

詳しいことは両親しか知り得ない。だがすでに鬼籍に入っている。訊くことは叶わない。

ただ、こんなことがあったと知美、知香子は言う。

〈どれもこれも絶対あの住み込みの仕業だ〉

件の問答をしたとき、姉達は頑として自分達のこの意見を曲げなかった。それに関して、お父さんは何も答えなかった。

ただ、その横で、お母さんがぽつりと陰気な声である言葉を漏らした。

――そいつらだけなら、いいんだけど。

あの声が未だに忘れられないと、下の姉は俯いた。

別室から（胡座）

荻野君が中学生の頃だ。

親族一同が集まって、何事かを相談するという話になった。場所は彼の家である。一番広く、また、彼の父親が長男だったからにすぎない。

その話し合い日の夜、リビングは大人達に占拠された。ゲームをしたくともテレビはこの部屋にしかない。

しかたなく二階の自室でマンガを読んでいると、時折下が騒がしくなった。

偶に怒声が響いている。何か揉めて言い争いをしているようだ。

大人達が口論している姿などなかなか見られない。野次馬根性でそっと覗きに行った。

リビング横の和室へ入り、引き戸になった仕切りの隙間に目を当てる。

大人達は顔を真っ赤にしながら何事かを言い合いしている。

ドラマとか映画みたいだ、頭に浮かぶのはそんな暢気な思考だけだ。

（ん？　あれ……なんだろ？）

ふと視線を変えたとき、ある〈もの〉に気が付いた。

大人達がソファや床に向かい合って座っているその横。

丁度テレビ台の上に、小さな仔犬のようなものが居た。

灰色がかった茶色で、耳や鼻先、手足の先が黒い。天を向いて立った尻尾はとても太く長かった。その先端も黒みがかっていた。

ただ、それは、胡座を掻いていた。

前肢はその膝辺りに置いてある。

その姿はすぐ目の前で言い合いをしている大人達とは別の世界にいるような雰囲気だ。

仔犬は頻りに首を動かしていた。まるで周囲の人間が話す内容にいちいち頷いたり、首を振ったりしているようだ。

デフォルメされたキャラクターの動きに似ていたが、外観は普通の動物、犬である。どこか滑稽でもあり、違和感も漂っていた。

また、その動作は誰かを思わせた。ただそれが誰か思い出せなかった。

（これは、なんだ？）

大体、荻野家では犬を飼っていない。親戚が連れてきたということもない。

そもそもテレビ台の上で胡座を掻き、話に頷く犬など居るものか。

自分が見ているものが一体何か、そう考えているうち、犬はぽんと台から飛び降りた。

そして、四肢で歩き、親族の殆どに後ろ足で砂を掛けるような動作をしていく。

ただ、荻野君の母親の手だけは舐めた。反応はなかったから感触はないのだろうか。

その後、胡座を掻いた父親の股の所へ仔犬は座ると、じわり滲むように消えた。

（……誰も気付いていない）

そう。そこにいる大人達は誰もあの仔犬のようなものが見えていないようだった。

大人達の話し合いはまだまだ続く。

いつまでも覗いていても仕方がないので、荻野君は部屋へ戻った。

あの仔犬は一体何者だったのだろうか。幾ら首を捻っても答えが出るはずもなかった。

また、親に言ったところで別室から覗いていたことがバレ、叱られるだけだ。

だから黙っておくことにした。


が、しかし、翌日から家の中であの仔犬のようなものを目撃することが増えた。

いや、はっきり見えるわけではない。

視界の端にちらと入り、そちらを向くと居ない。そんな感じだ。

しかし悪い感じを受けないので、そのままにしておいた。偶に両親にそれとなく室内で仔犬を見たことがないか聞くのだが、彼らは首を捻るばかりだ。

結局、荻野君は全てを自分の胸にしまっておくことにした。


そして、あの話し合いの後から矢鱈と親戚内で悪いことがあった。

例えば、自損事故を起こし車が廃車になったり、家の一部が倒壊したり、彼らの誰かが大病を患ったりと様々だ。どれも金銭的に大きなダメージになったらしい。

無事なのは荻野君の家だけだ。そればかりか金回りが良くなってきたようだった。

家を改築し、犬を飼いだしたのはこれから僅かばかり後のことであった。


荻野君が大人になる頃、あの仔犬を家の中で見ることはなくなった。

同時期、両親からこんな話も聞いた。

あの親族が集まった話し合いは、遺産相続についてだったのだ、と。

だから言い争いになっていたのかと合点がいく。

確かにあの頃、父方の祖父が亡くなっていたことを思い出した。

そして、祖父がとても犬が好きだったことも。

もしかしたらあの仔犬は、と荻野君は思った。

今思えば、仕草が生前の祖父に似ていたような気もする。だから、誰かを思わせたのだ。

その仔犬は母親の手を舐め、父親の元で姿を消した。

それから家は富み栄えるようになってきた。

代わりに、後ろ足で砂を掛けられる動作をされた親族達は……。

単なる妄想に過ぎないが、当たっているような気もする。

このような話を絡め、あの時のことを漸く父母へ話すことが出来た。

「まあなんとなく分かっていたよ」

地味な反応の後、ぽつりと父親が漏らす。

「だから、ほら、お祖父ちゃんが喜ぶように、家でいろいろしたんだよ」

確かにそうかもしれない。

仏壇にはいつもお供え物が絶えることなかったし、きちんと法要も行われていた。

太郎――犬を飼いだしたことも、犬好きのお祖父ちゃんなら喜ぶだろうなと思っての行動であったらしい。

因みに太郎はお祖父ちゃんが飼っていた犬の名前から貰った物である。

しかし、お祖父ちゃん流石に犬好きだな、仔犬になって出てくるなんて――今も家族の間で語り合うことがある。

好きだった人（馬鹿なの？）

　設楽さんは一度だけ同棲をしたことがある。

　相手は大学生で、二つ歳下。自分はすでに社会人だった。彼は設楽さんのアパートに転がりこむと、いつしか講義にも出なくなってしまった。

　流石にこれはよくない。歳上らしくそれを窘めると彼は苦悩した顔で言う。

「僕には夢がある」

　自己を表現するため、音楽家か漫画家、小説家になりたいのだ、と。

　特に小説なら芥川龍之介のような僕の美文を世に知らしめすことがしたい、らしい。

（何を言っているのだ、この馬鹿は）が、設楽さんの率直な気持ちだった。

　地に足を付けろと叱咤したい。しかし直接言ったところで諭すことは難しいだろう。相手に合わせつつ、現実を見せ、地に足を付けて貰わなければならないと思った。

　しかし、それは無駄に終わった。

　彼は癇癪を起こし、設楽さんを激しく怒鳴りつけるようになった。

　加えて、彼女へ心中を迫ることが増えた。

「僕は現実を思い知った。だから死ぬのだ」そう繰り返す。

しかしひとりでは死ねない。怖い。寂しい。あの世をひとりで歩くのは厭だ。だから一緒に死んでくれ。寝言のようなお願いをしてくるのである。

断り続けていると、彼はアパートを出て行った。

事前に荷物を実家に送ったようで、無駄な物は何ひとつ残っていない。

情は一欠片も残っていなかったから、逆にすっきりしたことは確かだった。

それ以来、彼の消息はふつりと途切れた。

どうも大学なども辞め、交友関係も全て白紙に戻したようだ。

ただ、彼と設楽さんの共通の知人からこんな話を聞かされることが増えた。

「彼が出てくるんだよねぇ」

夢枕に、部屋の片隅に、廊下の隅に、押し入れの中に。

上下揃いのスーツを着て、萎れた顔で。

細部まで確かめる前に消えてしまうらしい。

当然全員が当惑し、困っていた。

「彼、自殺したいってみんなに言っていたけど、ホントに死んだのかな」

「かもしれないね。自意識過剰な人だったから」

　しかし設楽さんの所へは決して出てこなかった。理由は分からなかったし、出てきてこられても困るので、これはこれでいいやと胸を撫で下ろしたことは否めない。

　どちらにせよ、死んでからも人に迷惑を掛けるような彼にはほとほと愛想が尽きた。


　それから二年ほどして、彼が生存していることが知れた。

　何のことはない、実家で引きこもっていただけだ。俗に言うニートである。

　最近お父さんの会社で重役待遇で招かれたと聞く。もちろん能力を買われたわけではなく、縁故採用でしかない。

　偶々彼と会い、言葉を交わした人曰く。

「たった二年くらいで変わりすぎ。病的な太り方でさぁ。おまけに喋り方が上から目線っていうか、勘違いしていたなぁ」

　しかしまだ夢見がちだったよ、とも――。


　どうして死んでもいない彼が皆のところへ出てきたのか。

　それは一切の謎である。

遠い謡声（謡）

佐々木さんは四十八歳になった。

子供の頃の遊び場は〈川や野っ原、山ン中〉であったらしい。

十代後半でそこを離れるまでは何処も庭のようなものだった陽気に笑う。

中学で運動部に入るまでは外で遊ぶ方が楽しく、あまり女の子らしくなかった。

だからどちらかというと男の子と遊ぶことが多かったのである。


そんな彼女が十歳の頃、山をかけずり回っていたときだ。

何かが聞こえた。民謡のようだ。澄んだ声は女性を思わせる。

傍にいた男の友達も頷く。謡はみんなの耳に届いていた。

山仕事や野良仕事をしている人が作業しながら声を合わせて謡うことがあったが、最近はそこまで頻繁ではない。民謡の担い手も減りつつあるのが実情だった。

「しかしなんか、ええね」「うん。ええね。綺麗な歌や」

心を捉えられるような感覚があった。こんなことはなかなかない。

誰が何処で謡っているのかを確かめたくなる。

「音が跳ねて、どっからか、よーけ分からんの」

ともかく獣道に沿って谷へ降りていくことを決め、駆け出した。

どれくらい走っただろうか。声が近くなってきた。

この先は川が流れていたはずだ。その向こう岸は山の斜面があり、深い森となっている。その森へは誰も足を踏み入れたことはない。危ないし、山には山の決め事があるから入るなと大人によく言い含められていたからだ。

ざっと木々の間から川原へ出た。

「わ……ぁ」思わず感嘆の声が漏れた。

川の中州に真っ白い鹿が二頭佇んでいた。

角の有無や身体の大きさから牡鹿と牝鹿だろう。夫婦なのかも知れなかった。

牡鹿がこちらを向いた。立派な角が左右に大きく広がっている。

牝鹿は天を仰ぎ——謡い出した。

あの民謡の旋律であった。

朗々とした節回しであるはずなのに、どこかもの悲しさがある。ただ、謡の文句は聴き取れない。何かの言語のように耳に入ってくるのだが、理解できないのだ。

目の前で展開されていることに驚くべきなのだが、当然としてしまう。

しかし、謡は急に止んだ。

牡鹿が森の方へ歩き出す。牝鹿もその後を追うかの如く、首を垂れて後ろを向いた。

「わあ、もっと聞かせてくれりゃあええのに！」

佐々木さんが不満を漏らし、追いかけようとした途端、森が唸りを上げた。

黒い森全体から、どうどうと何百もの大太鼓を一斉に鳴らしたような音が響く。

皆、肝を潰し、その場から逃げだした。


その後、佐々木さんも友達たちも親や祖父母から同じ事を言われた。

「お前らが見たンは、山ン神サンか、山ン神サンの使いよ」

だからそこで逃げてよかった。森まで追いかけていったらお前らとられていたぞ、（とられていたぞ、に傍点）、そんな風に大人達は口々に安堵の言葉を漏らした。

以来、二度とあの鹿達に会うことも、あの謡を聞くこともなかった。

あの白い牡鹿、牝鹿のいた所は昭和の終わりに開発の手が入り、元の姿を失った。

だから、山も森も、もうそこにない。

あとがきにかえて――ライナーノーツ

本書は前回〈怪業〉に収録されたもの以降を収めてある。

この中に入っている物以外はつまらない、棄てるようなものだったのだろう、と思われる向きもあると思うが、実際は違う。収録ページ数の問題やその他の事情で割愛していることをご了承頂きたい。また、選定には担当編集氏から全面的な協力がして下さった。話の提供者、読者、関わって下さった関係者各位に感謝の意を述べたい。あなたたちのおかげで私はこうして本を書いているわけなのだから。

では早速それぞれの話について著者自ら蛇足的解説をしていこう。

多分に内容を含むので、本文を読み終えてから目を通すことをお奨めする。

「超」怖い話N

ナンバリングシリーズである。確か、まだこのころは「「超」怖い話っぽい文体」で書こうとしていた記憶がある。初々しさがまだ色濃く残っていた面映ゆい。

「かりんとう」花林糖、漢字にするとこんな字を書く。タイトルはこちらにすべきだったかなとも思うが、今回は変更しなかった。

「雨宿り」山科君曰く「正直、空き家とか廃屋も苦手になりました」。大学時代、潰れたテナントの天井から赤い紐らしき物が垂れ下がるのを目撃したらしい。配線か単なるリボンか何かだと言い聞かせて通り過ぎた。その翌日、怖い物見たさで中を覗くと赤い紐はなくなっていたのであった。見間違え、勘違いとしたものの、人が住まない物件は極力近づかないようにしている。だから引っ越しするときの部屋探しも未だ緊張するという。

「古書と茶封筒」古書の名前を聞いたが、本文中では秘した。実は体験者本人は自分の数字をうっすら覚えている――と後に聞いた。間違えて覚えているだけかも知れないし、そもそも自分は例外かも知れないし、そうおっしゃっていたことが印象に残っている。因みにまだご実家住まいである。

「間際の言葉」封筒に入った話が続くが、確か一緒に発表しようと決めていたと思っていたからだと思う。墓石に塗り込まれた土はよく乾燥させてからの方がよく取れるようだ。この土、墓所周辺では見ない色をしているので、どこから持ってきた物かも不明とか。

「じゅうきゅうにん」この工場、何かとおかしなことがあると聞いた。人的トラブルも多く、皆頭を悩ましている。他の電子部品工場でも異変について聞いたことがあった。近代的工場でも怪異には無関係なのだろうか。

「超」怖い話Π

ここら辺りから、若干の軌道修正を行い始めているように感じる。

それは個性を出そうという類のものではない。現在の「超」怖い話とは何かと考えた末の行動であった、と思う。おこがましいことであり、今では気恥ずかしさが勝る。

「砂に埋もれる」この砂浜を教えて貰ったけれど、入口が分からなくて困った。漸く木々に挟まれた小道を見つけ進むと、前方からひとりの女性が上ってくる。割と人が来るのだなと思いつつ会釈し合った。が、行き着いた先は崖。浜どころか波打ち際に行くには殆ど飛び降り自殺するしかない高さだ。あの女の人、一体何をしにひとりここまで来たのだろうか。そういえば後に再び探したが小道どころか入口すらなくなっていた。

「みしゅるべす」語呂のよさで何故か覚えてしまう〈みしゅるべす〉。体験者も未だ暗唱出来るのだが、あまり言いたくないという。口に出すと稀に非通知からワン切りが来るから、らしい。着信拒否をしても、だとか。だからこの部分は筆談となった。おかげで文字化するときやり易かったことを覚えている。……という解説を書いていたら自分のスマートフォンが振動した。見ると着信もなにもなかった。なんだんねん?

「イナチュウ」有名漫画である。体験者曰く、口は災いの元だとか。拝み屋さんにはそれから二度ほど通い、今のところ沈静化しているようだ。が、縮れた髪の毛がばっさり抜け落ち、一時期そこだけ何も生えてこなかった。やっと伸びてきたかと思えば、完全な白髪となっており、髪のカラーリングが欠かせない。あの声を掛けてきた自称・永島には二度と出会うことがなかった。本当に永島本人だったのか？　今も正体は謎である。

「流れ作業」工場の流れ作業でも人とのコミュニケーションは必要だし、そもそも大事な仕事である。アキもそれが分かっている。だからこそ今も頑張っているのだ。ただどうも右手の握力が落ち、上手く動かないことがあるらしい。彼女は右手と左手を較べて見せてくれた。右の方が指が細く、また、掌そのものが薄くなっていた。

「饂飩供養」該当する饂飩店は今はないと聞く。飲食店には験を担ぐ事も多いが、怪異話も多いような気がする。今回は当時のメモから情報を加えてみた。そういえば「うどん供養」というのは別にある。禅寺などで饂飩は鱈腹啜る行事（？）だ。この話とは全く意味が違うので注意されたい。

「琥珀道標」実の親から疎まれ、虐待され、殺される。昔から連綿と続く話だ。ただ、親の庇護を失った子供はどうしようもない。この話で言えば、お母さんがいてくれたことが救いだ。この琥珀色の光について、体験者は言う。「夕刻の太陽。家路に急ぐときの寂しく、どこか懐かしい光を思わせますね。大人になってみて思えば」。

「黒渦」おかしな物件を手に入れ、どうしても出て行けない。理由のひとつに金銭面がある。

が、それだけとは言えない。中には〈囚われてしまって出て行けない・行かない〉ような話も多く聞く。これらを含めて怪異なのだろう。まさにこの話はそれである。その後、小母さんは来なかったし、家も手放した。娘はずっと外で暮らしている。夫婦二人だけ。結果的にローンを払い続ける意味がなくなったこともある。が、義母の後、今度は夫が自殺未遂を起こしたのだ。「するつもりはなかった。急に柿の木で〈やりたくなった〉」と本人は言ったらしい。柿の木を抜いても根本的な解決にはなるまいと家を出て行ったのである。今回はそれらのエピソードは本文に入れなかった。変わりに当時のことを書き加えてみた。煩雑になるのを避けたから削ったが、今考えると必要だったようにも思う。

怪福

単著シリーズは「超」怖い話と関しつつ、別物として扱っている。

だから〈怪福〉は世に出た形ではない原形と言うべきものが存在しているのだ。多分それはこれからも日の目は見ないであろう。

「機縁」世の中には霊感商法というものがある。まさにこれはその話が多分に含まれるだろう。センセイの正体については知る由もないが。そう言えば、その後大居氏は無意識に足を引き摺る癖が付いた。直そうと思ってもなかなか……であるという。

「仏飯」怪福は〈縁起のよい、或いは福を呼ぶ怪異〉について纏める、が初期構想であった。だからこういった話を専用メモへ集めていたのである。そうそう。昔、母親から「家を出る前にお茶を一杯飲んでから出かけなさい」と言われたことがある。そのお茶を喫する時間、その僅かな瞬間があるおかげで不幸に見舞われないかも知れない、と。至言だ。

「まもり」もちろん〈まもり〉は仮名だ。が、体験者のリクエストでこれにした。下の娘さんの名前はお姉ちゃんである〈まもり〉とは全く違うものにしている。「哀しみを乗り越えるなんて言葉は嘘です。忘れられるわけもない。でも、それときちんと折り合いを付けて行かないといけないと思いました」旦那様も同じであった。だから二人目の娘を儲けることが出来た——と当時聞いた。すでにまもりちゃんの声は聞こえない。

「ぼろぼろ」この話は細かい部分（例えば恵子について等）を沢山聞いていた。が、大幅にカットした。で、今回少々変更した事がある。言い過ぎても言わなすぎてもダメなのだ。

「四十六」息子さんに関して、続報は得られない——真希子氏は他界してしまった。最期まで病と闘いながら、笑顔を絶やさぬよう努力をされていたと聞く。ご冥福を祈る。

怪災

災いという文字を使い、開催、快哉などとかけてみた……のだった。

表紙のインパクトが強く、また、それは評判が高かった。

初めて（!）読み返してみると何らかの稚拙な試みをしているようである。嗚呼……。

「天の檻」今のところ、明日佳さんは結婚されていないと聞く。昨今の晩婚傾向故か。そう言えば諸事情によりお父様のことはかなり割愛している。

「真下の恋」当時、全編ユーモア的に書いていたので、あまり手直しをせずに再録した。芽依ちゃんのその後は不明だ。心配ではないのかと訊いたことがあるが「振られた相手に執着するのはストーカーの第一歩」と真下君は言う。そんな彼は今も独り者だ。

怪罪

罪とは何か、と言われれば〈それは人による〉としか思えない。

収録予定だった体験談から逆算してタイトルを付けた理由はここにある。

また、介在ともかけている。理由は推して知るべし。

「剔抉」大幅な書き直しや書き足しはない。実は他にも聞き及んでいることがあるが、赦しを得られず書けないのだ。というより、小井土さんと連絡が取れなくなったのである。父母を地元に置いたまま、神奈川の方へ……とそこまでしか足取りが辿れなかった。そこから先が不明となった。だから発表時の形に近い状態での収録となった。ご了承頂きたい。

「穏」吉城さんは後に拝み屋や新興宗教にすら騙されかけたという。助けてくれたのは古くからの知人であったようだ。ただ、どうしても事態が好転しないことが続いている。数回死を覚悟したこともあった。藁をも縋る思いで〈神宮〉と〈出雲大社〉へ詣でたと聞いた。ただ、辿り着くまでに邪魔が入り続け、ギリギリまで産廃が出来ないのではないかと不安であったらしい。無事にお参りは済ませられたようである。ただ今回後日談に触れられるのはここまでだ。時間が解決するまで世に出すことは憚られるのである。

怪罰

タイトルは前作〈怪罰〉と対になるようにした。罪と罰、である。

ただ、これも受け手が罰だと思っていても、他人からすれば違うようなこともある。ただ理不尽な出来事にしか見えないようなものだ。だからタイトルと内容が合致する物と、反する物の両方の体験談を用意している。罰とは何か？　それが裏テーマでもあった。

「半生」書いた当時、如何にしていろいろなことを削り落とすか思案した覚えがある。人の人生は全て書き残すべきエピソードに満ち溢れているからだ。今となってはもっとページを割けばよかったと後悔している。この後、長谷部氏は自宅を処分し、他の地へ移り住んだ。山が近い場所である――とこれを書いていたら外から音が聞こえた。手と手を叩き合わせるような、いや、柏手に聞こえた。確認したが、誰も居なかった。

「宿題」こういった不可思議な話は好きだ。だから書いたというのもあるが、今思えばなかなかよいチョイスだったように思う。収録された本のタイトルが「怪罰」なのだから。

「お茶の味」お茶は福を呼ぶ。そんな話も多い。そもそもお茶自身が少々特殊な存在なのかも知れない。それを十分に知らしめるエピソードだろう。体験者自身、今もお茶には特別な感情を抱くという。お祖母さんのことを思い出しながら。

「記念日の朝に」タイトル通りである。が、ある意図を含ませている。如何だろうか。

「九」体験者にタツヤのその後を電話で訊いてみたことがある。知らないと答えが返ってきた。そのうち探ってみます、そう彼が言い終えたとき、一瞬声が途切れた。『——猫の声、しましたよね?』。聞こえていない。そう答える。彼は絶句した。その後、タツヤのことを探ってはいないらしい。無理強いは出来ないので現在もそのままにしてある。

「住まう人」彼女たちのお母さんが遺した〈そいつらだけなら、いいんだけど〉に関する情報を得る手段はないと思っていた。が、今回の再録確認の際、話をしているうち〈あるヒント〉があると体験者と二人気が付いた。過去の記憶やお姉さん達と改めて語り合ったことが重要である。ただそれは本文中すでに書いていることも含む。ページ数の都合で今回は見送った。何らかの形で皆様のお目に掛けられたら、と思う。

書き下ろし

これらは現在の所、本書でしか読めない。

そしてタイトルの後に（　）が付いている意味は前回と同じだ。

「別室から（胡座）」ほのぼの、しているように見えて少々違うのである。体験者が「こう見えた」要素と言葉を入れてみた。仔犬のようで、それでいて。……うーん。

「好きだった人（馬鹿なの？）」産まれたときから夢見がち。そんな言葉を思い出した話だ。

聞き終えた後、体験者と二人様々な仮説を立ててあったが、やはり謎は謎である。

「遠い謡声（謡）」敢えて〈謡〉という字を用いた。この話を聞いた後、とある場所で民謡について教えていただく機会があった。が、専門知識的な部分は大幅に割愛している。それを書くのが目的ではないからだ。


さて、これで全てを解説し終えた。

今回も加筆修正してある。ベストなのだから、これまで書いた原稿をそのまま右から左に流すが如く再録してしまえば楽なことは分かる。

が、それは個人的に厭だった。つまらない。だからこのような形となった。

今となっては〈真暗草子〉でまとめ直したい話だらけであった。というか再筆したい。

そして、こうして一気に読んでいて気が付くのが〈ある人物〉からの影響だ。

我ながらあまりにそれが顕著なので少々気恥ずかしくもあるが、仕方がない。

しかし、それはこの業界の人ではない。

世界的に活躍されており、またその人にしか出来ないことを突き詰めている奇才、かつ好人物、大人物……とここでは書いておこう。

実は先日、あらゆる方々の御厚意で、この人物と直接会ってお話（とそれ以外の様々なこと）をさせて頂く機会を得た。夢のような時間であった。

この人物は常に業界のしがらみに囚われず、自由闊達に動いている。

このような仕事への取り組み方や生き方が、確実に私の仕事の指針となった。加えて、直に言葉を交わしてから更にそれが深まった。

だから、もし次回があるならまた違う〈久田樹生〉をお見せできるかもしれない。

では、そのときをお待ち頂けたら……。

二〇一五年　世の中を騒がす事件だらけの初春に

久田 樹生

本書の実話怪談記事は、久田樹生の既刊、
「超」怖い話　N
「超」怖い話　Π
「超」怖い話　怪福
「超」怖い話　怪災
「超」怖い話　怪罪
「超」怖い話　怪罰
から選抜した記事及び、「超」怖い話 怪恨のために新たに取材されたものなどを中心に構成されています。快く取材に応じていただいた方々、体験談を提供していただいた方々に感謝の意を述べるとともに、本書の作成に関わられた関係者各位の無事をお祈り申し上げます。

「超」怖い話ベストセレクション　怪恨

2015年2月5日　初版第1刷発行

著者　久田樹生
カバー　橋元浩明（sowhat.Inc）
発行人　後藤明信
発行所　株式会社　竹書房
〒102-0072　東京都千代田区飯田橋2-7-3
電話03-3264-1576（代表）
電話03-3234-6208（編集）
http://www.takeshobo.co.jp
振替00170-2-179210
印刷所　図書印刷株式会社

定価はカバーに表示しています。
落丁・乱丁本は当社にてお取り替えいたします。

ISBN978-4-8019-0152-0 C0176